산에 가는 사람 모두 등산의 즐거움을 알까

산에 가는 사람 모두
등산의 즐거움을 알까

초판 1쇄 발행 2019년 12월 15일

지 은 이 이명우
발 행 인 권선복
편　　집 권보송
표지사진 임정의
디 자 인 김소영
전 자 책 서보미
마 케 팅 권보송
발 행 처 도서출판 행복에너지
출판등록 제315-2011-000035호
주　　소 (157-010) 서울특별시 강서구 화곡로 232
전　　화 0505-613-6133
팩　　스 0303-0799-1560
홈페이지 www.happybook.or.kr
이 메 일 ksbdata@daum.net

값 20,000원

ISBN 979-11-5602-763-8 (03810)

Copyright ⓒ 이명우, 2019

도서출판 행복에너지는 독자 여러분의 아이디어와 원고 투고를 기다립니다. 책으로 만들기를 원하는 콘텐츠가 있으신 분은 이메일이나 홈페이지를 통해 간단한 기획서와 기획의도, 연락처 등을 보내주십시오. 행복에너지의 문은 언제나 활짝 열려 있습니다.

여우와 늑대는 등산의 즐거움을 알까

산에 가는 사람 모두 등산의 즐거움을 알까

이명우 지음

도서
출판 행복에너지

　남녀노소를 불문하고 많은 사람들이 등산을 하는데 대부분 건강을 위해서, 취미로 등산을 한다. 그러나 등산하는 사람 중에서 일부 소수의 사람만이 산에서 찾을 수 있는 진정한 등산의 즐거움을 알고 있고 그것을 체험하러 산에 간다. 보편적으로 일반 등산객이 등산을 하면서 얻는 즐거움은 산행이 힘들지만 정상에 올랐다는 기쁨, 사계절 산의 아름다운 경치를 보는 즐거움, 그 산속에서 맑은 공기를 마시며 같이 산행을 하는 사람들과의 즐거운 대화 등이 있을 것이다.

　그러나 위의 즐거움만이 등산의 모든 것을 설명하지는 못한다. 산에는 지구의 46억 년 신비를 간직한 돌과 바위로 만들어진 특별한 볼거리, 갖가지 형상으로 진화한 동·식물의 생태계, 수억 년 비와 물과 바람의 조화로 만들어진 봉우리·폭포·

계곡과 동굴, 일만 년의 역사를 간직한 인류의 유적과 기념물, 우리 조상이 남겨놓은 유서 깊은 사찰과 삶의 터전인 낡은 집 등의 보물이 숨겨져 있다.

이 책은 우리나라 100대 명산이 어떤 산이며 어디 있고 교통편과 맛집, 편의시설 위치 등은 어디인지를 제공하는 등산 안내서가 아니다. 또한, 산악 종주와 암벽 등반은 어떻게 하고 히말라야 등 고산 등반과 해외 원정 산행은 어떻게 하는지에 대한 안내서도 아니다. 전 세계에 걸쳐 분포되어 있는 명산을 알려주는 안내서도 아니다.

이 책은 처음 등산을 시도하는 사람이나 그냥 산이 좋아서 등산이 취미인 사람들이 놓치고 있던 등산의 개념을 정립하고

과거에서부터 현재에 이르기까지 등산의 개념이 어떻게 발전되어 왔는지, 과거 우리 조상들이 등산을 어떻게 하였는지를 알 수 있는 등산 입문서이다. 그러면서 동시에 등산을 통해서 볼 수 있는 자연의 변화무쌍한 조화와 이를 통해 즐거움을 얻을 수 있는 교양서이기도 하다.

이 책은 산과 자연 속에서 자신의 삶에 대해 깊은 성찰과 사색을 하고 진정한 삶의 깨달음을 얻은 많은 선각자와 현인들의 대화를 접할 수 있는 책이다. 또한, 산이 갖고 있는 다양한 보물을 얻을 수 있는 지도이며 나침판이다. 콜럼버스가 미지의 대륙에 있는 향료와 금·은 보화를 찾아 흥분과 기대감 속에 대양으로 나아가서 생각지도 않은 아메리카 대륙을 발견했듯이, 독자 여러분도 이 책의 바다에 배를 띄우고 흥미진진한 등산의

즐거움을 알기 위해 노를 저어 나가보시기 바란다.

끝으로 이 책의 출간을 맡아 주신 도서출판 행복에너지의 권선복 사장과 이 책의 편집과정에 수고해주신 모든 관계자, 그리고 이 책의 집필을 위해 많은 격려와 뒷바라지를 해준 아내와 가족들에게도 진심으로 감사의 마음을 전한다.

2019년 12월
아차산 운룡도서관에서
이명우

이 책은 50여 년간 등산을 즐겨온 이명우 선생이 진정한 등산의 즐거움을 알기 위하여 아름다운 자연의 다양한 모습을 관조하면서 자연 속에서 진정한 즐거움을 찾고, 산이 주는 삶에 대한 깊은 의미를 알고자 노력하였던 사색의 길을 정리한 책입니다.

운룡도서관을 운영하면서 한국산서회 회원이기도 하신 이명우 선생은 어린 시절 삼각산 기슭에서 학교를 다니면서 산의 기상을 받으셨고, 젊은 시절부터 산이 좋아 국내의 많은 명산과 해외의 여러 명산을 두루 등산하면서 체험하였던 많은 경험과 에피소드, 시상 등을 '등산의 즐거움'이란 관점에서 정리하셨습니다. 또한 등산의 즐거움을 누리기 위하여 기본적으로 등산가가 꼭 갖추고 알아야 할 올바른 등산 방법을 소개하셨습니다. 이 책의 장점은 오랜 저술 과정을 통하여 등산과 관련된 많

은 명언과 훌륭한 경험들을 인용하여 독자들에게 등산과 관련
된 다양한 지식을 소개하였다는 점입니다. 그런 점에서 이 책
은 수필집이면서도 저자가 말씀하듯이 훌륭한 등산입문서가
될 수 있습니다.

　산山과 산서山書를 사랑하시는 많은 독자들이 이 책을 통하여
등산과 산서의 즐거움을 한층 더 느끼시길 기대하며 감히 이
책을 적극 추천합니다.

사단법인 한국산서회(韓國山書會)

회장 최중기

우리가 살아가는 데 가장 중요한 요소 중에 하나는 정적인 삶보다는 동적인 삶을 추구할 필요가 있다는 것이다.

'움직이면 살고 움직이지 못하면 죽는다'는 말이 있다.

조금만 아프면 병원을 찾아가야 하고 약국을 찾아가야 하는 습관 아닌 습관을 갖고 있는 것이 우리나라의 국민성이다. 하지만 스스로 병을 예방하려 하기보다 의사나 약사에게 지나치게 의존하는 일이란 너무도 어리석은 일이라 생각된다. 자신의 건강은 결국 자신만이 알 수가 있기 때문에 틈틈이 등산과 같은 운동을 즐기면 병을 예방하여 의사에 대한 의존이 줄어들 것이다.

그렇기에 이번에 이명우 선생이 이 책『등산에 가는 사람 모두 등산의 즐거움을 알까』를 통해 자신의 경험과 노하우를 정리한 것을 많은 이들에게 적극 권장하고 추천하는 바이다. 등산을 통

해서 인생에 변화를 주고 삶의 방식을 발전시키며 생활의 활력
소를 얻을 수 있을 것이다.

나는 지금까지 종합예술을 다루는 건축을 주제로 사진을 찍
으며 여행 아닌 여행을 다닌다. 국내외 도시를 다니며 그 정경
을 담고, 또한 등산을 통해 산의 경치를 담아 오면서 느끼는 것
중에 하나는 사진을 찍기 위해 오랫동안 걸어 다니고 산에 올
랐던 것들이 결국 건강에 도움이 되었다는 것이다.

인생에서 가장 중요한 일 중에 하나는 건강하고 행복한 삶을
살아가는 방법일 것이다. 시작이 반이다. 이제부터 모든 이들
에게 등산을 시작하여 건강하고 행복하게 살아가는 방법을 권
해 드리고 싶다.

표지사진 제공 – 건축사진가 **임 정 의**

목차

설악산

1장

여우와
늑대가
있었던
산

여우와 늑대가
있었던 산

　약 200여 년도 더 된 옛날, 인간이 산에 오르는 즐거움을 찾
고자 등산을 하기 전, 산에는 많은 여우와 늑대가 있었고 그들
은 온 산과 숲을 누비며 뛰어놀았다. 우리나라 역시 1940년대
만 해도 시골 야산에서 여우와 늑대를 볼 수 있었지만 지금은
볼 수가 없다. 조선 후기부터 왜정시대와 전쟁을 겪으면서 산림
이 훼손되고 민간인의 무절제한 남획 등 여러 가지 원인에 의하
여 1960년대 이후 여우와 늑대가 거의 멸종되었다고 한다.

　등산을 오랜 기간 하였지만 산에서 여우와 늑대는커녕 오소
리조차 보지 못하였고 기껏해야 다람쥐, 청설모나 뱀 정도가 전
부였다. 가끔 등산을 하면서 여우나 늑대를 볼 수 있으면 좋겠
다는 생각도 해본다. 그리고 산 능선을 넘나들고 산속의 숲에서
뛰어노는 여우와 늑대를 포함한 모든 동물들이 산기슭에서 능

선을 타고 오를 때 우리 인간과 같이 등산의 즐거움을 알았을까 하는 생각도 여러 번 해보았다. 등산의 즐거움을 아는 것은 만물 중에서 오로지 인간만이 부여받은 특권이 아닐까?

46억 년의 생성 비밀을 간직하고 있는 지구. 진화의 끝머리인 약 4만 년 전에서 3만 년 전에 출현한 현생 인류의 조상인 호모 사피엔스 사피엔스Homo sapiens sapiens로부터 시작된 우리들은 지금 다른 동물들이 갖지 못한 특별한 언어를 갖고 있다. 인간은 다른 동물들이 가지고 있는 소통 수단과 흡사하게 타인과의 의사소통을 목적으로 하는 말하기 언어 이외에도 머릿속에서 여러 개념을 조작하는 것을 목적으로 하는 사고思考를 위한 또 하나의 언어를 갖고 있는 것이다. 인간은 이런 사고의 언어를 통해 등산을 하면서 산의 형상과 자연 생태계를 보고 자신과의 대화를 할 수 있고 이를 통해 감각적이고 시각적인 즐거움을 느끼게 된다.

60년대 초, 내가 고등학교와 대학교 학생이던 때에는 산山에 간다 해도 '등산登山'이란 개념이 없었고 등산 인구도 별로 없었다. 그저 학교 친구나 동네 친구들과 어울려 일요일에 서울 주변 산에 놀러 가곤 하였다. 이때만 해도 지금과 같은 등산복이나 등산 장비가 없어 시장에서 파는 염색된 군용 잠바나 배낭, 군화와 항고(군인이나 등산객들이 사용하는 알루미늄 식기) 등을 마련하여 산에 올랐다. 그리고 점심에는 항고에 갖고 온 쌀을 넣고 물을 적당히 맞춘 후 돌멩이로 만든 화덕 위에 올려놓고 주변 나뭇가지로 불을 붙여 밥을 지어 먹곤 하였다.

학생 시절 서울 신당동에 살 때는 토요일이나 일요일에 버스를 이용하여 주로 북한산, 불암산, 수락산을 자주 갔다. 가끔은 한강 너머 멀리 있는 관악산을 타기 위해 버스 타고 종점인 장승배기(동작구 상도동)에 내려서 신림동 언덕을 걸어 지금의 낙성대 계곡으로 들어가 정상으로 올라간 후 과천 쪽으로 하산하여 시외버스를 타고 귀가하곤 하였다.

요즘은 등산 인구가 너무 많고 동호회도 많아져서 가까운 북

고교 시절 북한산 암벽타기(필자)

1964년 친구들과 관악산에서

한산이나 도봉산 등 도시 근교 산에 가면 중장년층의 등산객뿐만 아니라 20~30대의 젊은 남녀, 60~70대의 노년층까지 전 연령대가 북적댄다. 더구나 형형색색의 등산복과 아웃도어 장비를 갖춘 등산객들이 산길에서 어깨를 부딪치며 걸어가야 하고 심지어 좁고 경사진 곳에서는 줄을 서서 가야 할 정도이다.

동네 뒷산에 오르는 데도 히말라야 등반대처럼 세계 유명 브랜드 제품 차림의 등산객으로 넘쳐나는 등산 열풍 덕택에 우리나라 아웃도어 시장규모가 미국(약 11조 원)에 이어 세계 2위인 5조 8천억 규모라고 한다. 이런 아웃도어 소비 열풍 때문에 일반 등산용품 판매점뿐만 아니라 대형 마트의 등산용품 코너에서까지 고가의 세계적 명품인 스웨덴의 '클라터뮤젠' 배낭, 고도계와 GPS 기능이 있는 핀란드 '순토 시계', 입는 침낭인 '셀크백', 텐트 브랜드 '힐레베르그' 등이 등반가 사이에서 입소문이 나 팔리고 있는 실정이다.

명품 등산용품을 착용하여 동료들에게 은연중 자랑하려는 강남 명품족들이 도심 거리에 싫증을 느끼고 산에까지 진출한 것이 아닌가 여겨진다. 가끔 이 많은 등산객들이 정말 산이 좋아서 왔을까 궁금할 때가 있다. 여우와 늑대처럼 진정한 등산의 즐거움을 모른 채 이 능선 저 계곡을 헤매고 다니는 것은 아닐까 나름대로 생각해 보기도 한다.

우리와 더불어 있는 산

　평야가 별로 없는 우리나라에서 우리들은 농촌이나 도시 주변의 산을 늘 보고 살아왔기 때문에 산을 잘 안다고 생각한다. 그러나 생각과는 다르게 대다수 사람들이 산에 높이 올라가 보거나 깊은 산속을 많이 다녀보지 않아서 실제로는 산을 잘 모르고 있는 것이 사실이다.

　히말라야 8,000m 14좌座에 이어 로체샤르(8,400m)와 얄룽캉(8,505m), 로체(8,511m)와 칸첸중가(8,586m) 위성봉衛星峰마저 오른 세계 최초의 산악인인 엄홍길 씨의 저서 『꿈을 향해 거침없이 도전하라』에서는 등산을 하는 것을 다음과 같이 말하였다.

　"산에 오른다는 것은 산속으로 들어간다는 것입니다. 산속으로 들어가면서 산을 알게 되고, 배우게 되고, 또 이해하게

됩니다. 이해의 진정한 뜻은 아래에 선다는 것 'Under-Stand'
입니다. 산으로 오르지만 산 아래에 서야 이해할 수 있다는 뜻
이지요."

– 엄홍길 지음, 『꿈을 향해 거침없이 도전하라』 14쪽,
도서출판 마음의숲, 2008년

이 말은 어린이들을 가르칠 때 자세를 밑으로 낮추어 눈을
맞추고 대화를 해야 어린이 입장을 이해하고 소통할 수 있다는
뜻과 같다. 그래서 진정으로 산에 대하여 알려면 산 밑에서부
터 능선을 따라 정상에 오르고, 또 하산하며 산속 깊은 계곡을
따라 내려와 봐야 된다. 산의 높이를 따지지 않고 자신이 살고
있는 주변 4~500m의 낮은 산이라도 등산을 많이 하다 보면
엄홍길 씨가 말한 대로 산을 이해할 수가 있다.

우리나라에서 최고로 높은 산인 백두산이 2,750m이고 남한
에서 최고로 높은 산이 한라산(1,950m)이다. 세계 최고의 높이
를 자랑하는 히말라야 14좌의 높이(8,850~8,027m)를 보고 우리
나라 산과 비교해 보면 고개를 하늘만큼 높이 쳐들고 봐야 한
다. 전 세계 수만 명의 전문 등산인 중에서도 최고의 영예라고
하는 히말라야 14좌 완등을 한 등산인은 모두 15명밖에 안 된
다. 그중에 한국 사람이 여성을 포함하여 4명(엄홍길, 박영석, 한완
용, 오은선)이나 된다는 것은 놀라운 일이며 모든 한국인이 긍지

를 가질 만큼 자랑스러운 일이다.

우리나라가 세계적인 산악인을 많이 배출한 것은 아마도 우리 민족이 백두산족白頭山族의 후예로서 수만 년 전부터 백두산으로 이어지는 백두대간 기슭에 삶의 터전을 잡고 호랑이, 여우, 늑대와 함께 어울리며 산과 더불어 살아온 유전인자의 영향이 아닐까 생각해 본다.

산山 하면 우리가 무의식 중에 느끼는 어감은 뾰족한 산봉우리의 모습이다. 표의문자인 한문에선 산을 山이라 쓰는데 이 한자가 나타내는 이미지를 즉각 느낄 수 있는 곳이 우리 주변에 있다. 바로 북한산이다. 내가 어렸을 때만 해도 북한산을 삼각산三角山이라 불렀고 지금도 북한산의 명칭을 오래 전부터 내려온 삼각산으로 개명해야 된다고 주장하는 사람들이 많다.

삼각산 하면 50년 전 내가 다닌 성북구의 경동고등학교 교정에서 아침 조회 때마다 힘차게 부른 교가가 생각난다.

삼각산 높은 봉은 기상이 씩씩하고, 한강수 맑은 물은 마음도 깨끗하다.

옛 성 밖 뫼뿌리에 우뚝 선 우리 경동, 모여든 즈문아이 배우는 마당일세.

노고산에서 바라본 삼각산(북한산)

경동고 선후배들은 지금도 매년 5월이면 경동인 '삼각산 사
랑 산행' 행사를 이어오고 있다. 이 삼각산을 서울시내 쪽이 아
닌 북쪽의 고양시 덕양구 효자동에서 시작하여 백운대와 인수
봉 사이에 있는 숨은 벽 능선으로 올라가다 보면 전면에 삼각
산의 거대한 암봉의 위용이 펼쳐진다. 이때 삼각산의 주봉인
백운대가 가운데 있고 오른쪽의 염초봉과 왼쪽의 인수봉이 바
로 山의 형상을 하고 있어 이게 산이로구나 하는 느낌을 강하
게 받는다. 삼각산의 三角은 바로 숨은 벽 능선에서 본 염초봉
과 백운대, 인수봉이 바로 세 개의 뿔角처럼 보이기 때문에 생

겨난 명칭이라고 보통 생각한다.

　서울 북한산을 삼각산이라는 지명으로 표시한 것은 고려사에도 20여 회 나오고 세종실록지리지와 대동여지도 및 조선왕조실록에도 많이 등장한다. 한편 한국땅이름학회 이사이고 국학연구소 이사장을 역임한 이홍환 선생은 잡지 『한배달』(2001년 10월호) 기고문에서 삼각산은 수도 서울의 '서울산'이라는 명칭을 한문으로 나타낸 것뿐이라고 설명하였다. 그 내용을 보면 '서울'의 본딧말이 '셔불(세불)'이다. 그러니까 '삼각'의 '삼三'은 '세(서)'이고 '각角'은 '불(뿔)'로 곧 '서불=서울'이 된다. 그래서 '서울산'이라는 이름을 서울이란 한자가 없기에 한자로 삼각산三角山이라 표기한 것이라고 한다. 조선시대 '서울'을 '한양漢陽'이라 한문으로 표기 한 것과 같은 이치라고 한다.

　산이 많은 우리나라에서 우리 선조들은 먼 옛날부터 산과 함께 산 밑에서 마을을 이루고 살거나 산속에 들어가 사는 것을 자연스럽게 생각하였다. 이러한 자연적인 생활 환경 때문에 우리는 우리나라의 자연과 국토를 표현할 때 '산'을 넣어 강산江山, 산경山景, 산하山河, 산천山川 등으로 표현한다. 즉, 산은 우리의 잠재의식 속에 우리나라 국토와 동일시되어 있으며 또한 신성한 존재로서 숭배의 대상으로 여겨졌다.
　매일신문 특별취재팀이 펴낸 『상생의 땅 가야산』에서는 산의 존재를 다음과 같이 말하고 있다.

"인간에게 산(山)은 무엇인가? 서양인에게 산은 신(神)을 만나는 통로 역할을 했다. 그리스인들은 높다란 언덕에 신전을 지었고, 기독교인들은 높은 산에 올라 하나님을 만났다. 그와 달리 동양인에게는 산 자체가 숭배의 대상이었다. 특히 우리 민족에게 산은 아름다움의 대상만이 아닌 신성한 존재였다."
– 매일신문 특별취재팀 지음, 『상생의 땅 가야산』 12쪽, 깊은솔, 2008년

우리가 다 아는 단군신화에서는 천제의 아들인 환웅이 3천 명의 무리를 거느리고 태백산 마루 신단수神檀樹 아래에 신시神市를 열고 여러 신들과 세상을 다스렸다고 한다. 이러한 연유로 우리 민족이 산을 숭배하며 사랑하게 된 것이다.

『우리민족 대백과사전』에서는 산은 '주위의 지면에 대하여 사면을 이루며 높게 돌출한 지형'이라 정의하고 있다. 또한 산지가 평야에 대비되는 개념이라는 점에 입각해 산은 산지 지형 중에서 구릉이나 재嶺, 峙를 제외한 정상부가 있는 돌출 지형을 지칭한다고 하고 있다. 한편 『브리태니카 백과사전Encyclopedia Britannica』에서는 언덕hill보다 높은 고도의 것을 산이라 하고 산이 넓은 지역에 걸쳐 모여있는 지형을 산지라 부르며, 이때 산이 선상線狀 혹은 대상帶狀으로 연속되어 있는 경우를 산맥, 또

몇 갈래의 산맥이나 산지가 복합되어 있는 거대한 지형을 산계山系, cordillera라 정의하고 있다.

우리가 사계절 즐기는 등산의 대상인 산은 과연 인간에게 어떤 존재인가? 국제연합UN은 지구 위 모든 동식물의 모태가 되는 산의 훼손을 막고 보호하며 인류에게 산의 소중함을 일깨워 주기 위하여 2002년을 '세계 산의 해International Year of Mountains'로 선언하였고, 이를 계기로 2003년에는 매년 12월 11일을 '세계 산의 날International Mountain Day'로 제정하였다.

'세계 산의 해'를 지정하는 취지의 설명문에는 "산은 인류에게 나무, 숲, 깨끗한 물과 맑은 공기를 대주는 공급원이며 다양한 생물의 서식지이고 식량과 약초 및 에너지의 보고"라고 설명하였다. 산은 인류가 필요로 하는 많은 자원을 공급할 뿐만 아니라 신체단련과 휴식, 관광과 레저, 종교와 신화, 문화와 예술의 모태가 된다고 하였다.

우리나라도 국제연합이 2002년을 '세계 산의 해'로 선언한 것을 계기로, 산림청이 산림에 대한 국민의식을 제고시키고자 매년 10월 18일을 '산의 날' 기념일로 지정하였다. 10월 중의 하루를 산의 날로 지정한 이유로 선조들이 1년 중 산이 가장 아름다운 때인 10월에 높은 곳에 올라 풍류를 즐기던 세시풍속 중에 하나인 등고登高(음력 9월 9일)에서 유래한다고 밝혔다.

등산은 산에 오르는 것을 말하는데 꼭 정상에 올라야만 하는 것은 아니고 자신이 즐길 수 있는 높이까지 올랐다가 내려오는 모든 행위를 지칭하는 말로 사용한다. 일반적으로 등산은 순수하게 건강을 증진시키거나 산행의 즐거움을 갖고자 산에 오르는 것을 말하는데, 수렵狩獵행위나 동식물, 지질·지리조사 등 학술적인 목적 또는 종교적 행사 등으로 산에 오르는 것을 포함시킬 수 있다.

'등산'이라는 단어는 가벼운 산행山行이나 전문적인 등반登攀까지를 포괄하는 개념으로 사용되나 보통은 일반인이 쉽게 올라갈 수 있는 잘 알려진 산을 올라가는 뜻으로 많이 사용된다. 일반적으로 등반이라고 하면 3,000m 이상의 고산을 준비된 계획하에 올라가거나, 암벽이나 빙벽 등반술 등 고도의 전문 등산기술을 요구하며 많은 위험성이 상존하는 등산행위를 말한다.

몽블랑에서 시작된 등산

원시시대부터 인간은 생존을 위한 수렵행위를 위해, 먹을거리로서의 식물이나 약초 채취 또는 종교적인 목적을 위해서 산에 오르기 시작하였다. 그러나 이런 산행이 요즘의 등산의 시작이었다고 볼 수는 없으며 실제로 당시는 미신이나 고대종교의 영향으로 높은 산을 오르는 등산행위는 하지 않았다. 특히 유럽에서는 산이 악마나 공룡들이 사는 곳이라 하여 경원시하였으며 알프스 지역의 주민들은 산에 있는 악마가 눈사태를 일으켜 재앙을 일으킨다 하여 산에 오르는 것을 근대에 이르기까지 금기시하였다.

그러나 중국의 도가道家사상과 우리나라의 숭천숭산사상崇天崇山思想 등을 보면 알 수 있듯, 동아시아 사람들은 고대부터 산에 오르는 것을 심신단련과 즐거움의 대상으로 여겨왔다. 『두산백과』의 '한국의 등산사' 및 『한국민족문화대백과』의 '등산' 항목을 보면, 우리나라는 삼국시대 이전부터 산이 심신의 수련장으로 활용되었으며 『삼국사기』에는 "고구려 동명왕의 왕자인 온조溫祚와 비류沸流가 부아악負兒嶽 – 지금의 북한산 인수봉仁壽峰 – 에 올랐다."는 기록도 있고 신라의 화랑도들이 산에 올라 심신을 수련하였다는 내용이 있다.

그 외에 순수한 등산이 아닌 종교적이거나 군사적 목적에 의하여 고산지대를 오른 기록을 보면 723년부터 727년까지 신라의 고승 혜초慧超가 중앙아시아의 파미르고원 등의 설산을 넘어 구도 여행한 것이 『왕오천축국전』에 상세히 기록되어 있다. 또한 745년 고구려 유민인 당나라 고선지高仙芝 장군이 곤륜산맥을 거쳐 빙설의 힌두쿠시 달코트(4,572m)를 넘었다는 기록도 있다.

삼국시대로부터 조선시대까지 이르는 역사 기록을 보면 고대부터 자연스럽게 산에 오른 일은 많았으나 이는 산성山城을 쌓는 군사적인 목적이었을 뿐 개인적인 등산이라고 볼 수는 없었다. 그러나 고려 말에는 정도전鄭道傳(1342~1398)이 백두산(2,750m)을 등산한 기록이 남아있으며, 조선시대에는 이성계李成桂의 천도를 위해 무학無學대사가 무악母岳과 삼각산(북한산)을 오르고 세종 때 안평대군安平大君이 유람차 보현봉(북한산)을 등산하였다는 기록이 있다.

조선 성종 3년(1472년) 영남학파의 거두 김종직은 함양군수로 있을 당시 음력 8월 14일부터 18일까지 5일간 지리산에 올라 천왕봉 등 여러 봉우리를 등산해 보고 지리산의 아름다움에 대한 감상을 써서 『두류기행록』이란 글을 남겼다. 1800년대 조선 순조 때 태어난 지리학자 고산자古山子 김정호金正浩가 『대동여지도』를 제작하고자 30여 회에 걸쳐 전국의 산과 마을을 답사하고 백두산을 17회나 올랐다는 기록이 남아있으니 우리나라 사람들은 옛날부터 산에 오르는 것을 어려워하지 않은 것으로 생각한다.

우리나라에서 근대 등산의 효시로서의 암벽등반은 일제 강점기인 1926년 5월 영국인 아처Archur와 임무林茂가 북한산 인수봉을 첫 등반함으로써 시작되었다고 한다. 그러나 1926년 임무(하야시 시게루)의 초등 여부는 이이야마 다츠오의 구전일 뿐 기록상의 근거가 없어 정설로 보기에는 무리가 있다. 1929년 아처의 인수봉 초등정보고서 『한일등반기climbs in Japan and Korea』에는 임무가 동행했다는 말이 없다. 이때 함께 인수봉에 오른 사람은 영국인 아처와 페이시, 일본인 야마나카 세 사람뿐이다. 이후 임무·이야마·아처·매크리 등의 등산가가 서울 근교 암벽을 차례로 초등등반하면서 1930년대부터는 국내 알피니즘의 범위가 넓고 금강산 암벽·백두산·관모산 및 북한산의 적설기 초등을 통해 일반적인 등산문화가 개화되어 갔다. 광복과 더불어 한국산악회 – 초대 회장 송석하末錫夏 – 가 설립되어 꾸준히 회원을 늘리고 전국 유명 산과 암벽을 등산하여 등산 기술의 보급과 해외 원정 등산을 주도하였다.

그렇다면 유럽의 등산 역사는 어떻게 발전했을까? 앞에서 언급했듯이 유럽의 등산 역사를 보면 그리스, 로마 시대에는 산은 신이나 악마가 거처하는 곳으로 여겨 매우 위험하게 인식하였다. 기원전 3세기경 카르타고의 명장 한니발(B. C. 247~183)이 로마와 대결한 포에니 전쟁 시 대군을 이끌고 알프스 산맥을 넘었다는 역사적 기록이 있지만 이는 등산이라고 보기보다는 군사적인 목적으로 산을 오른 것이다. 14세기 이탈리아에서 시작되어 학문과 예술의 부흥을 일으킨 르네상스 시대를 거치면서 유럽인들은 산의 존재를 의식하고 아름다움의 대상으로 보기 시작하였다. 1358년 아스티(이탈리아 북부의 도시)의 로탈리오가 교회를 짓기 위해 알프스 – 히말라야 지대를 답사하던 중 로쉬멜론(3,537m)에 오른 것이 최초의 등산기록으로 전해진다.

이후 1492년에 프랑스의 샤를 8세의 시종인 보프레는 그르노블에 있는 해발고도 2,125m의 몽테귀에 올라 미사를 드렸다는 기록이 있고, 1521년에는 에스파냐의 코르테스가 부하인 몽타느 등을 시켜 화약을 만드는 데 사용할 유황을 채취하기 위해 멕시코의 화산 포포카테페틀(5,451m)에 오르게 하였다는 기록이 있었다.

산에 오르는 것이 목적인 본격적인 등산은 1760년이 지나면서 시작되었다.『위대한 도전』(이병철 편저)에 수록된 '몽블랑에서 비롯된 등산의 역사'를 보면, 1760년 스위스의 자연과학자이며 철학교수인 H. B. 소쉬르가 식물채집을 위해 알프스 지역을 돌아다니다가 알프스 샤모니 마을 인근에 있는 프레방산(2,526m)을 올라 맞은편 알프스 최고봉 몽블랑(4,807m)의 장엄한 광경을 보고 감동하였다. 그는 아무도 올라가 보지 못한 신비스러운 산의 정체를 밝히고 싶어 하산하여 "누구든지 몽블랑 정상에 오르는 사람에게 많은 상금을 주겠다."란 글을 써서 이곳저곳에 붙였다.

많은 상금을 걸었지만 그 당시 산은 그저 두렵고 존경의 대상이었기 때문에 선뜻 나서는 사람들이 없이 26년이 흘렀다. 1783년이 되어서야 부우리라는 모험가가 등산대를 조직하여 등정에 도전하였다. 첫 번째 도전은 등산 도중 나쁜 날씨로 실패하였고 1785년 두 번째 도전도 경험부족으로 실패하였다. 부우리 등산대의 대원으로 참가한 샤모니 마을의 미셸 파카르가 이때 겪은 경험이 뒷날 몽블랑 등정 성공의 밑거름이 되었다.

파카르는 마을 동료이며 험한 암산에 수정水晶을 깨러 다니는 자크 발마와 함께 3년간 프레방산에 올라 망원경으로 몽블랑의 산세를 관찰하였다. 그 후 각자 등산을 위한 방한복과 장비들을 준비한 후 1786년 8월 7일 오후 3시 몽블랑에 오르기 시작하였다. 밤 9시쯤 2,392m 높이에서 비박을 한 후 새벽 4시 30분부터 등반을 시작하였으나 설맹으로 앞을 분간하지 못하는 상태에 처하고 말았다. 그들은 악조건 속에서도 정상에 올라가고 싶은 열망으로 절벽을 기어올라 비박한 지점부터 무려 14시간 반 후인 오후 6시 32분 정상에 도달하였다. 그 후 그들은 먹을 것이 떨어지고 고산병과 동상에 걸려 거의 초죽음 상태에서 기적적으로 4시간 반 만에 하산하여 마을에 도착하였다.

등산이란 용어조차 없었던 시대에 이들의 도전은 목숨을 건 대모험이었으며 이들이야말로 현대적인 등산의 개척자이며 미지의 세계를 정복한 진정한 선구자라 할 수 있다. 이때 파카르가 등반했던 모습을 보면 알프스 지역 산 능선에서 가축을 기르고 식물과 광물들을 수집하는 사람들이 쓰는 일반 방한복을 입고 나무 지팡이를 든 채 배낭에 기압계, 온도계 및 간단한 식량을 넣어 매고 등산을 시작했다. 오늘날 서울 주변의 산을 오르는 등산객의 등산장비와 비교해 볼 때 그들의 수준은 시골 농부가 무작정 평상복에 등산화도 신지 않고 비박 장비도 갖추지 않은 채 4,800m의 고산을 올라간 것이며 요즘의 등반 기준으로는 기적에 가까운 모험이었다.

파카르와 발마가 몽블랑 등정에 성공한 후 영웅심에 불타있던 발마는 파카르는 동상과 설맹 때문에 정상에 못 올랐으며 자기 혼자 정상에 올랐다는 거짓 소문을 퍼뜨렸다. 이 소문은 유럽 전역에 퍼졌으며 프랑스의 대소설가 뒤마도 발마의 말만을 곧이듣고 발마가 혼자 몽블랑 정상에 올랐다는 모험담을 책으로 씀으로써 이 사실이 진짜인 것처럼 굳어지게 되었다. 그러나 100여 년이 지난 후 두 사람이 정상에 오르는 모습을 아래에서 망원경으로 지켜보던 독일인 겐스도르프의 스케치 그림이 공개되고 소쉬르가 쓴 일기가 발견되어 진실이 밝혀지게 되었다.

몽블랑이 정복됨으로써 인간이 더 높은 산도 올라갈 수 있다는 자신감이 생기자 그 후 유럽, 미국을 비롯한 전 세계 등산가들이 다투어 알프스를 거쳐서 히말라야 고산들에 도전하기 시작하였다. 세계 최고봉인 에베레스트(8,850m)는 제1차 세계대전 후인 1921년 영국이 첫 원정대를 보냈으나 등정에 실패하였으며 그 후 여러 나라의 많은 원정대가 도전하였으나 성공하지 못하다가 1953년 5월 29일 J. 헌트를 대장으로 하는 영국 원정대의 뉴질랜드인 에드먼드 힐러리와 세르파인 텐징 노르가이가 첫 등정에 성공하였다.

공식 등반 기록에는 에베레스트 정상에 힐러리와 텐징이 함께 최초로 올랐다고 되어있으나 정상에서 텐징을 찍은 사진만이 남겨져 있어 그 후 많은 사람들이 텐징이 힐러리보다 먼저 정상에 올랐다고 주장하였다. 이런 논란 때문에 나중에 힐러리는 텐징이 정상을 눈앞에 두고도 뒤처진 자신을 30분이나 기다려주었다고 고백하였다. 그리고 그는 1997년 6월 "나는 나 자신을 한 번도 영웅으로 생각해 본 적이 없다. 하지만 텐징은 예외였다. 그는 진정한 영웅이었다. 그는 미천하게 출발하여 세상의 정상에 올랐다"라고 술회하였다. 한편 에드 더글러스의 저서 『히말라야가 처음 허락한 사람 텐징 노르가이』에서 히말라야의 영웅인 텐징 노르가이는 에베레스트 정상에 오른 감회를 다음과 같이 이야기하고 있다.

> "그것은 난생 처음 보는 장관이었다. 그토록 거칠고, 경이롭고, 장엄한 광경을 다시는 못 볼 것만 같았다. 그러나 내가 느낀 것은 공포가 아니었다. 나는 산을 사랑했고, 에베레스트를 사랑했다. 평생을 기다렸던 위대한 순간에 나의 산은 바위와 얼음뿐인 생명 없는 대상이 아니라, 따뜻하고 친근하며 사랑스러운 존재였다."
>
> – 텐징 노르가이/에드 더글러스 지음,
> 『히말라야가 처음 허락한 사람 텐징 노르가이』 14쪽, 시공사, 2003년

텐징 노르가이는 세르파이며 등산가이기 전에 진정으로 산과 자연을 사랑하는 인간이었으며 시대를 초월하여 우리 같은 평범한 등산인의 마음과 통할 수 있고 즐거움을 나눌 수 있는 자연인이었다. 티베트의 여러 부족 중 하나인 세르파족 출신인 텐징 노르가이의 역사적인 에베레스트 등정 때문에 그는 고

향에서 설산의 신으로 추앙을 받았으며, 그의 명성은 히말라야 등반대의 짐꾼인 포터의 명칭이 '세르파'로 불리게 되는 계기가 되었다.

우리나라의 경우 1927년 박석윤朴錫胤이 알프스 몽블랑을 오른 후 쓴 등산기가 발표된 후, 1934년 도봉산 만장봉 등벽을 김정태, 엄흥섭이 초등함으로써 한국인의 독자적인 등반이 시작되었다. 이후 많은 등산 단체와 등산가들이 알프스와 히말라야 고산에 도전하였으며 1977년 18명의 대원으로 구성된 대한산악연맹 에베레스트 원정대(대장: 金永梓)에 의해 9월 15일 고상돈高相敦과 세르파인 펨바 노르부가 등정에 성공했다.

거기
산이 있기 때문에

　산악인 조지 레이 맬러리Goerge Leigh Mallory(1866~1924)가 말한 '산이 거기에 있기 때문에'라는 유명한 명언이 있다. 1866년 체사이어 모벌리의 교구 목사의 아들로 태어난 그는 젊었을 때부터 등산에 심취하였고 1907년 영국의 산악회인 알파인 클럽의 창립 50주년 기념 에베레스트 산 등반에 참여하려 했으나 실행되지 못했다. 1921년에 영국에서 처음으로 역사적인 에베레스트 등반이 시작되자 맬러리도 원정 대원으로 합류해 1차 등반 때 새로운 등산로를 발견하고, 그 뒤 2차 등반에서는 8,000m 이상 오르는 성과를 거두었다.

　3차 등반을 앞두고 맬러리가 미국으로 강연을 갔을 때 기자가 물었다. "맬러리, 당신은 왜 에베레스트에 꼭 오르려는 것입니까?" 그 말을 들은 맬러리는 한참을 생각한 뒤 말했다. "산이 거기에 있기 때문에Because it is there." 이 한마디는 등산가들의 등산에 대한 생각을 가장 잘 나타내 주는 말로 유명한 말이 되었다. 하지만 "Because it is there."의 진정한 의미는 "산이 거기 있기 때문에"가 아니라 "에베레스트가 거기 있기 때문에"라고 표현한 것이다. 그 후 안타깝게도 1924년 3차 등반을 떠난 맬러리는 실종되고 말았다.

2018년 6월 '울주 세계산악영화제' 초청으로 한국에 온 세계적인 등반가이자 알파인클럽 전 회장인 스티븐 베너블스는 6월 19일자 중앙일보 인터뷰에서 "왜 산에 오르나?"라는 질문에 "배고프면 음식을 먹고 목마르면 물을 마시는 것처럼 등반하고 싶기 때문에 한다. 물론 큰 고통이 따르지만 그것을 다 이겨내고 목적을 이루었을 때 즐거움은 대단히 크다. 또 등반하면 세계에서 가장 아름다운 곳에 갈 수 있다."라고 말하였다.

먼 옛날부터 사람들은 수렵 목적으로 혹은 식물이나 약초를 채취하기 위하여 산에 갔었고 일부는 종교적 기도 목적이나 지리 조사 목적으로 산에 올랐다. 그러나 요즘은 남녀노소를 불문하고 많은 사람들이 개인적인 취미생활로 산에 오른다. 요즘 취미생활이 무엇이냐고 물으면 선뜻 '등산'이라고 말하는 사람들이 많을 정도로 등산이 취미생활의 일종으로 굳어져 있다. 이렇게 산을 좋아하는 사람들에게 왜 등산을 하는가 물으면 대부분 건강을 위해서, 그리고 아름다운 산의 경치를 보려고 산에 간다고 한다.

사실 바쁜 일상생활 속에서 등산이 취미생활로 굳어지기 전까지는 많은 사람들이 힘들게 뭐하려 등산을 하는가라는 생각을 갖곤 한다. 그러나 산의 능선과 우뚝 솟은 봉우리, 기암절벽, 쭉쭉 뻗은 나무숲, 고스락에서 바라보이는 시원한 전망, 봄에 꽃들이 만발한 꽃동산, 여름의 시원한 계곡과 폭포, 가을 단풍, 눈 덮인 하얀 설경 등 아름다운 경치를 감상하고 더불어 건강한 신체를 유지하려는 의도에서 등산을 가는 사람들이 많다. 또한 처음부터 자신의 건강하지 못한 몸 상태를 걱정하여 건강을 살려보려는 생각으로 등산을 시작하는 사람도 있다.

많은 경우 친구나 동료, 또는 선후배의 권유에 의하여 등산을 따라나서는 경우가 대부분이다. 처음 산에 갔을 때 오르는 것이 힘들고 몸이 따라주지 않아서 어려움을 겪지만 서너 번 따라 다니다 보면 그런대로 산에 올라가는 것이 어렵지 않게 느껴진다. 처음부터 산의 아름다운 경치에 빠져서, 아니면 산에 오르는 것이 적성에 맞고 몸에 좋아서 하는 것이 아닌 이상 등산이 취미 생활로 굳어지기에는 1~2년 정도의 많은 시간이 소요된다.

산의 유혹은 매우 강렬하다. 땀을 뻘뻘 흘리며 힘들게 산행하여 산 정상에 서서 탁 트인 산 밑 경치를 내려다보는 맛이 바로 등산의 하이라이트라고 할 수 있다. 멀리 바라보이는 산과 산의 품속으로 들어간 후 느끼는 산의 맛은 미식가가 수십 리를 멀다 하지 않고 찾아가는 몇 십 년 이어온 맛집에 비유할 정도로, 산사람들은 이 유혹에 못 이겨 주말마다 배낭을 꾸리기도 한다. 인간은 남녀 간에 사랑을 하거나 노래를 부르거나 술과 춤 속에서 기쁨과 쾌락을 느끼곤 하는데 아름다운 것을 보아도 기쁨과 쾌락을 얻는다. 등산하는 사람도 산의 아름다움을 보는 기쁨과 쾌락을 느낄 수 있다.

인도의 철학자 지두 크리슈나무르티는 그의 저서 『아는 것으로부터의 자유』에서 쾌락은 지각, 감각, 접촉, 욕망이라는 네 단계를 거쳐 존재 속으로 들어오게 된다고 하였다. 그는 아름다움을 보는 기쁨과 쾌락에 대해 다음과 같이 말하였다.

"예쁜 구름, 하늘 높이 솟은 산, 봄에 방금 움튼 잎, 아름다움과 웅장한 빛으로 가득 차 있는 계곡, 장엄한 황혼을 본다고 하자, 나는 강렬한 기쁨을 가지고 그것들을 바라보며, 내가 그것들을 바라볼 때 거기에는 관찰자가 없고 오직 사랑과도 같은 순수한 아름다움만 있다. 잠깐 동안 나는 모든 문제, 불안, 불평을 잊는다. 거기엔 오직 놀라움만이 있을 뿐이고 나는 기쁨으로 그걸 볼 수 있다."

– 지두 크리슈나무르티 지음, 정현종 옮김,
『아는 것으로부터의 자유』 22쪽, 물병자리, 2002년

청평 근처 산에서 바라본 청평댐

　산기슭에서 능선에 올라 아름다운 경치를 보노라면 보는 기쁨을 얻을 수 있고 또 사람에 따라서는 아름다운 시상이 떠오르기도 한다. 산은 화가에게도 시인에게도 자유분방하고 창조적인 영감을 떠오르게 하는 원천이다. 2012년 12월호 월간 『사람과 산』의 제18회 산악문학상 산시 부문에서 최우수작으로 당선된 윤석영 씨의 아름다운 산시山詩가 나를 산으로 이끄는 알지 못할 힘을 느끼게 한다.

〈나를 이끄는 것〉

고향 마을까지 내려온 산 그림자
더 높은 곳으로 이러지는 산능선

위동산에서 대간으로 이어지는 길,
일행들과 걷고 혼자서도 걷는다.
땡볕 아래서 걷고 눈밭에서도 걷는다.
해가 질 때까지 걷고 무릎이 꺾일 때까지 걷는다.
새소리, 물소리, 꽃 피는 소리에 취해 걷고
앞선 발자국을 지우는 산안개 속에서도 걷는다.

걷고 또 걸어도
꽃향기 올라오는 남쪽 능선이 궁금하다.
단풍 내려오는 북쪽 능선이 여전히 궁금하다.

단풍을 넘어
꽃향기를 넘어
산능선으로 나를 이끄는 것은 무엇인가
남쪽과 북쪽의 경계가 능선에 걸려 있다.

- 2012년 12월호, 월간 『사람과 산』 149쪽

산악인으로 널리 알려진 김영운 선생은 산 인생 반백년의 비망록인 『산으로 가는 마음』 책 서문에서 "사람이 산을 오르는 것은 비단 기술뿐만 아니라 어떤 이에게는 신앙심같이, 또 어떤 이에게는 산에 대한 심미안, 철학, 시, 이러한 관점에서 보는 이들에게 또 다른 산악관이 있겠는데…"라면서 눈부시게 아름다운 산봉우리를 바라보면서 시 한 수를 썼다.

"산을 알게 한 것을 먼저 신에게 감사 올려라.
너 또한 다른 이에게 산을 전도하라."

"아름다운 산을 찾아 나서는 이를 보살펴 주고
무사히 돌아오기를 비는 이가 산꾼이라네."

"산을 오름은 애기를 낳는 아픔
기쁨 또한 그 못지않게 크리라."

"등산이란 광대무변한 경기장에서 상대 선수도 없고
관중이란 박수도 메달의 영광도 없이
외로이 정상에 서는 것이라네."

"산과 내가 둘이 아니요 하나이다.
밧줄이 산과 너를 묶어 놓았네

이것이 산꾼의 숙명이네."

"해가 다 떨어져서 일할 수 있는 시간이 다하기 전에
힘껏 일하라 구원받을 것이다."

– 김영윤 지음, 『산으로 가는 마음』 15쪽, 사람과산, 2001년

보길도산에서 본 경치

올라가 보는 진경산수화

  우리나라는 세계 어느 나라에도 뒤지지 않을 만큼 아름다운 산을 많이 갖고 있다. 우리나라 전 국토의 70%를 산이 차지하고 있는데, 최고봉인 백두산(2,744m)을 포함하여 4,440개의 산을 갖고 있다. 장엄하고 신비로운 우리 민족의 영산靈山인 백두산을 비롯하여 신神이 조화를 부려 만든 아름다운 금강산 등 정말 우리나라 전체를 금수강산이라 말하여도 손색이 없다. 이렇게 우리나라의 산하가 모두 아름다운 자연경관을 갖고 있기에 우리의 선인들은 산에 올라 명산의 오묘한 절경을 화폭에 그리며 또 시詩로 읊고 노래를 불렀다.

  고대로부터 이어온 숭천숭산사상崇天崇山思想의 영향으로 삼국시대 이래 많은 사람들이 명산에 올라 사시사철 풍광이 달라지는 기암절벽의 산을 감상하며 산수화를 그려 후세에 남겼다.

그중에 빼어난 산 그림은 17세기 조선시대 겸재 정선이 전국의 산천을 답사하던 중 금강산에 올라 기기묘묘한 1만 2천 봉을 압축하여 산 전체를 그린 '금강전도金剛全圖'가 대표적으로 유명하다.

강희언의 '인왕산(仁王山)'

또한 18세기 담졸 강희언의 그림 '인왕산仁王山'을 보면 굵은 묵필로 서구적이고 정확한 원근법에 따라 사실적인 산수묘사 기법으로 그려져 있다. 세밀하면서도 힘찬 기를 느끼게 하는 인왕산 전도를 보는 이들은 능선을 타고 꿈틀거리는 서울 성곽을 이고 입체감 있게 보이는 산줄기와 높이 치솟아 있는 정상의 모습에 저절로 올라가고 싶은 충동을 느끼게 된다. 우리는 정선의 금강전도나 강희언의 인왕산 그림을 보지 않더라도 지금은 쉽게 설악산이나 삼각산에 올라 이런 절경을 볼 수 있다. 인간이 갖고 있는 아름다운 자연을 보는 심미안審美眼 때문에

모든 등산인들이 이런 명산의
경치를 보고자 산에 오르는 것
이 아닐까?

16세기 우리나라 18대 명현
名賢 가운데 한 사람인 율곡 이
이 선생이 금강산을 답사하며
만폭동에서 읊은 시 한 구절을
보면 우리의 선인들이 얼마나
산을 좋아하고 즐기며 감상하
였는지 알 수 있다.

겸제 정선의 '만폭동'

〈萬瀑洞(만폭동)〉

石逕高低入洞門 높고 낮은 돌길 거쳐 동문에 들어가니,
洞中飛瀑怒雷奔 골짜기 속 나르는 폭포 성난 우레처럼
　　　　　　　울려 퍼진다.
巖橫萬古難逍雪 바위엔 만고로 녹기 어려운 눈이 서리
　　　　　　　었고,
山聳千秋不散雲 산에는 천추로 흩어지지 않는 구름이 높
　　　　　　　이 떴도다.
獅子峯前披翠霧 사자봉 앞을 지날 땐 짙은 안개를 헤치고,
火龍淵上坐黃昏 화룡연 위에 앉아서 황혼을 맞는다.

夜投普德禪菴宿 이윽고 밤에 보덕암에 투숙하니,

鶴猿啼攪夢魂 학 울음 원숭이 울음 꿈속 혼 어지럽히네.

우리가 너무나 잘 아는 김소월 시인도 함경도의 산속 깊은 곳, 들어가기가 어렵고 인적이 드문 첩첩산중의 대명사인 삼수갑산을 오르며 산에 대한 시를 남겼다.

〈산〉

산새도 오리나무 위에서 운다
산새는 왜 우노 시메 산골
영 넘어가려고 그래서 울지
눈은 내리네 와서 덮이네
오늘도 하룻길 칠팔십 리
돌아서서 육십 리는 가기도 했소
불귀 불귀 다시 불귀
삼수갑산에 다시 불귀
사나이 속이라 잊으련만
십오 년 정분을 못 잊겠네
산에는 오는 눈 들에는 녹는 눈
산새도 오리나무 위에서 운다
삼수갑산 가는 길은 고개의 길

고개의 길 고개의 길

산의 아름다움을 그림과 시와 노래에 잘 표현하고 있지만 실제 금강산이나 설악산을 보거나 말하지 않아도 서울시내에서 멀리 바라보이는 북한산의 백운대나 도봉산의 신선대에 올라 정상 주변의 산자락이 펼쳐놓은 그림 같은 경치를 보면 정말 산의 아름다음에 빠져들어 저절로 카메라를 들게 만든다.

대지의 속살처럼 하얗게 솟아오른 북한산 인수봉의 위엄 있는 암봉은 산악인이 아니라도 누구나 아름답게 보이는 저 높은 봉우리 정상을 올라가고픈 유혹을 느끼게 한다. 이런 산과 암봉의 아름다움 때문에 일반 등산객뿐만 아니라 전문 해외 산악 클라이머들도 무수히 찾아온다. 특히 인수봉은 작년 11월 8일에도 제7회 황금피켈 아시아 시상식을 앞두고 아시아의 최고 클라이머인 한국 헌터 북벽팀의 최문석 씨, 힘중 초등팀의 김창호 씨를 비롯하여 일본의 가즈야 히라이데쓰 씨, 중국의 조우팽 씨, 카자흐스탄의 데니스 우르브코 씨, 유일한 여성인 리슈양 씨 등 아시아 최고 산악인 15명이 동반 암벽 등반하여 북한산의 아름다움에 대해 찬사를 늘어놓을 정도로 알프스에 버금가는 아름답고 사랑스러운 산봉우리이다.

봄이 되면 산은 온갖 야생화로 뒤덮여 능선과 계곡이 꽃동산을 이루니 가까운 산에 오르면 여성뿐만 아니라 남성들도 산의 아름다움에 흠뻑 빠지게 된다. 5월에 1,108m의 경남 황매산에 오르면 드넓은 산 능선자락에 온통 분홍빛 철쭉과 진달래가 만발하여 자연의 아름다움에 도취되고 삶에 지친 사람들에게 삶의 기쁨과 희망을 갖게 하는 묘한 감흥을 준다.

산의 아름다움은 정상에 서서 주변의 산들을 조망하거나, 수많은 하얀 갈대가 흐느적거리는 능선을 타고 가면서 주변의 빼어난 산봉우리들을 보는 시원한 맛도 있지만 여름철에는 깊은 계곡 높은 곳에 있는 폭포의 경관이 아름다움의 압권이다. 우리가 늘 보고 좋아하는 진경산수화 중에서 겸재 정선의 '박연폭포' 그림을 보노라면 높은 꼭대기 암벽 사이에서 수직으로 떨어지는 폭포가 떨어지면서 부딪치는 물의 굉음이 바로 들리는 듯하고 물에서 뿜어져 나오는 한기를 몸으로 느끼게 된다. 박연폭포의 실제 사진보다 상상력을 동원한 정선의 박연폭포가 훨씬 더 가보고 싶은 감동을 준다.

겸재 정선의 '박연폭포'

개성 박연폭포의 모습

여름 산행에서 만나는 폭포는 땀을 뻘뻘 흘리며 숨이 턱에 차오르게 올라온 고생을 한순간에 즐거움과 기쁨으로 바꾸는 묘한 매력을 준다. 내연산에 있는 열두 폭포는 박연폭포처럼 위압적이지는 않지만 기암절벽을 사이에 두고 계곡을 따라 내려가면서 들리는 시명폭, 은폭 등 12개의 폭포에서 떨어지는 차고 힘찬 물소리와 시원하게 흘러가는 계곡물, 그리고 하얀 암반 밑의 용소, 이끼 낀 바위와 돌들이 연출하는 계곡 경치는 우리의 눈과 마음을 즐겁게 하는 아름다움이다.

여기에 산의 단풍구경을 보고자 일반인도 쉽게 가볼 수 있는 설악산 천불동 계곡의 선녀가 날아와 목욕했다는 물이 시원하게 흘러가는 비선대와 형형색색의 아름다운 단풍이 어울려 있는 주변의 기암절벽은 가을 산행의 백미이다. 많은 등산객과 더불어 천불동 계곡을 따라 올라가면서 주위 경치를 보노라면 천상의 극락세계에 왔는가 착각할 정도로 절경이다.

생각해 보면 비록 가보지 못했지만 금강산 만불상의 경치는 더욱 '죽여줄' 것 아닌가. 10년 전 천천히 시간이 되면 38선을 넘어 금강산 구경을 하겠다고 하다가 이제 가보고 싶어도 못 가보는 지금, 마음속에 한이 되고 있으니 안타까울 뿐이다.

지금은 출입금지 지역인 설악산 백운동 계곡은 설악 최고 절경이다. 용의 이빨과 같은 모양새인 용아장성 능선과 우람한 봉우리로 이어진 서북 능선 사이의 깊은 계곡으로 전인미답의

설악산 천불동 계곡

원시적인 모습을 간직하고 있다. 계곡 좌우의 기암절벽에 걸쳐진 백운폭포와 하얀 암반 사이로 흐르는 물이 커다란 용소를 휘감아 내려가는 계곡은 붉은 단풍나무들과 어울려진 비경으로 12선녀탕 계곡은 저리가라 할 정도로 빼어난 경치를 갖고 있다. 많은 설악산 절경 중에서도 환상적인 아름다움을 보여주는 백운동 계곡을 지리산 칠선계곡처럼 원시 자연이 훼손되지 않는 범위에서 일반인들도 안전하게 탐방할 수 있게 되기를 바라는 마음이다.

겨울 등산의 진미는 역시 산 정상의 나뭇가지에 아름답게 핀 눈꽃과 상고대를 보는 즐거움이다. 태백산 정상에 오르면 살아서 천 년, 죽어서 천 년을 간다는 '주목' 위로 소복이 내려 쌓인 보드라운 하얀 눈꽃이 한 폭의 동양화를 보는 것 같다. 대기 중의 수증기가 승화하면서 $0℃$ 이하로 급냉각된 안개와 구름이 만든 미세한 물방울이 나뭇가지나 바위 위에서 세차게 부는 바람의 반대 방향으로 얼어붙어 순간적으로 생긴 백색의 얼음

태백산 상고대 모습

들이 단단하게 굳어 보여주는 상고대soft rime는 바로 자연이 만들어 우리 인간에게 보여주는 환상적인 예술품이다. 이러한 자연의 예술품을 보러 추운 날씨에도 불구하고 눈이 많이 내리는 설악산이나 선자령, 태백산, 소백산을 오른다.

주왕산이나 월출산의 기암절벽의 경치를 보는 아름다움도 있지만 설악산 서북능선의 지옥 같은 너덜바위 지대도 있고, 경남 밀양군 만어산에 있는 수많은 고기떼를 연상케 하고 돌로 두드리면 종소리가 나는 만어석 너덜바위지대를 보면 우리나라에 이런 곳도 있나 할 정도로 산의 다른 멋과 아름다움을 만끽할 수 있다.

천지가
허락해 준 만남

    산을 좋아하는 나는 1993년 12월 7일부터 2월 28일까지 삼성출판박물관에서 개최된 '백두산자료 특별전'을 구경할 때, 독립운동가이며 조선일보사 사장을 지낸 안재홍 선생이 일제강점기인 1931년 저술한 『백두산 등척기』 영인본을 사서 읽어보았다.

    안재홍 선생은 조국의 광복을 염원하며 죽기 전에 민족의 성산인 백두산을 가보자고 친지인 변영로 등 5명에게 제안하여 1930년 7월에 백두산 여행을 시작하게 되었다. 경성역에서 기차를 타고 원산을 거쳐 무산역에서 하차해서 무산에서 숙박하고 차유령을 넘어 두만강 기슭을 따라 육백팔십 리 정도를 6일 동안 도보했다. 그렇게 대삼림의 고원지대를 산행하여 백두산 정상에 올랐다.

안재홍 선생은 이 책에서 백두산 정상에 올랐을 때의 감격을 "억! 장엄한 대백두大白頭"라는 감탄사를 토하는 것으로 표현한다. "대백두의 장엄홍박하고 거대한 경치는 마치 색계色界를 초탈하여 말과 같이 신선과 제왕이 넌즈시 노니는 듯 소요유의 진경을 이제사 체득할 것이다. 아아 숭엄장려하다."라는 말도 남긴다.

나는 『백두산 등척기』를 읽고 백두산을 꼭 가보고 싶은 마음을 갖게 되었다. 마침 내가 회원으로 있는 '전기산업인산악회'가 해외 원정 산행으로 백두산 여행을 계획하여 2007년 6월 초에 백두산을 등정할 수 있었다. 나에게 지금도 있을 수 없는 산의 아름다움을 체험한 것은 백두산 천지를 반 바퀴 산행하는 북파종주를 할 때이다.

남들은 10번을 백두산에 올라도 천지를 제대로 못 보아 우스갯소리로 '백 명이 가면 두 사람만 보고 온다고 해서 백두산, 백 번 가면 두 번 정도만 천지를 보여준다고 해서 백두산'이라고 하기도 하고 '천지를 못 본 사람이 천지다'라는 말이 회자될 정도였다. 하지만 나는 맑은 날씨에 온전하게 2시간 정도를 산행하면서 천지와 백두산 전경을 보는 행운을 얻었다.

우리 한민족의 영산인 백두산은 화산활동을 멈춘 사화산死火山에 속하며 경치가 아름다울 뿐만 아니라 호랑이를 비롯한 희귀한 야생동물과 야생식물들이 자라고 있는 동북아 최고의 명산인데 전체 면적 중 1/3은 중국의 영토, 2/3는 북한의 영토에 속한다.

우리가 북한을 왕래할 수 없어 백두산 종주 등산은 중국 쪽 방향에서 올라가는데, 지프차를 타고 올라가 천문봉에서 천지를 내려다보는 산행이 아니고 백두산 서쪽과 북쪽에서 천지를 끼고 여러 봉우리를 등산하는 것을 백두산 서파(5호 경계비~백운봉)종주, 북파(백운봉~장백폭포)종주라고 한다.

첫날 12명의 우리 등산팀은 중국 공안 소속의 안내자와 함께 서파 종주의 시작인 청석봉 밑 주차장에 내렸다. 안개 낀 비바람 속에 주차장에서 1시간 정도 계단을 따라 올라가 천지 근처 5호 조·중 경계비에 다다랐다. 중국 공안은 경계비에서 신고 안 할 테니까 경계비 뒤쪽 북한 땅을 밟아보라고 권하여 모두 한 바퀴 삥 둘러보았다. 이후 가파른 청석봉(2,662m)에 올랐지만 가랑비와 안개 때문에 천지를 볼 수 없었고 더구나 세찬 바람과 검은 구름 때문에 천지 절벽 가장자리 길을 몹시 겁먹으며 힘들게 등산을 하였다. 나는 세찬 바람에 천지 쪽으로 모자가 날아가 버려서 마음속으로 백두산 천지에 제물을 바쳤구나 하며 등산을 하였다.

천지 주변 산길을 오르락내리락하며 등산을 하는 도중 간간이 구름 사이로 천지를 살짝 볼 수 있었으나 늘 구름이 몰려와 전체를 조망할 수 없었다. 북파 종주에서 제일 높은 백운봉

(2,691m, 중국에서는 장백산이라고 부른다)을 지나 넓은 공터에서 점심을 먹고 있는데 마침 구름이 흩어지고 해가 비추어 모두들 절벽 끝으로 달려가 절벽 아래 천지를 내려다보니 천지 전체가 한눈에 들어온다.

여러 개의 봉우리로 둘러싸인 시퍼런 천지 호수 가장자리 위로 우뚝 솟은 백두산 주봉인 장군봉(2,744m)과 주변의 높은 봉우리를 천지와 함께 보는 그 장관은 표현할 수 없는 신비한 느낌을 주었다. 모두들 천지의 절경에 넋 나간 듯이 감탄하고 바라보며 사진 찍기에 열중하였다. 나는 혹시나 시퍼런 천지에 괴물이 헤엄치지는 않는지 호수를 찬찬히 살펴보고 또 살펴보았다. 백운봉에서 금병봉으로 가는 2시간 정도 하늘이 완전히 개인 백두산 전경과 천지를 내려다보는 행운을 얻었는데 당시 안내를 도운 여행사 사장도 "8번째 백두산을 오지만 오늘과 같이 맑은 날은 처음 본다."며 "우리 등산팀을 백두산 산신령이 돌보아 준 덕인 것 같다."고 감탄하였다.

그 이후 관암봉에서 용문봉을 거처 장백폭포에 이르는 동안 하늘을 덮는 이부자리 같은 많은 뭉게구름이 몰려오는가 하면, 잠깐 구름 사이로 해가 비추다가 세찬 바람에 또 시커먼 구름이 몰려오고 비까지 내려 우비를 꺼내 입는 어려운 산행을 하는 바람에 고산지대의 변덕스러운 날씨를 몸소 경험하였다. 무려 8시간에 걸친 종주 끝머리에 새우등 능선의 절벽 모서리를 따라 내려가면서 멀리 절벽 사이로 보이는 아름다운 장백폭포를 감상하였다.

　장백폭포로 올라가는 입구 도로로 내려오니 물보라를 뿌리
는 거대한 장백폭포가 한눈에 들어온다. 내일 장백폭포를 가까
이 내려오면서 보기로 하고 온천장 호텔로 걸어가다가 길가에
있는 가게에서 뜨거운 온천수에 익는 계란을 몇 개씩 사 먹었
다. 일부 사람들은 『삼국지』에 나오는 중국의 명의 '화타' 동상
에 돈을 놓고 건강과 장수를 빌기도 하였다.

2007년 6월 백두산 천지에서(필자)

다음 날 우리 일행은 백두산 해돋이를 구경 간다고 새벽 6시에 일어나 아침을 간단히 먹고 주차장에서 빌린 지프차를 타고 새벽 여명 속 구불구불한 도로를 따라 천문봉(2,670m)에 올라가기 시작했다. 거의 다 올라갈 때쯤 해가 뜬다고 하여 내려서 일출을 보았다. 얇은 붉은색이 구름 주위는 물론 그 속으로 가득 퍼져있는 사이로 해가 뜨는 것을 잠시 보았는데 그때의 감동은 이루 말할 수 없었다. 우리 산행팀의 가이드 사장은 백두산 일출을 보며 백두산에서 일출과 천지를 한 번에 보는 두 번의 행운은 처음 겪어본다고 경탄하였다.

일출의 감동을 안고 천문봉에 올랐지만 구름과 안개 때문에 천지가 보이지 않았다. 산행 일정대로 절벽봉으로 해서 천지로 내려가는 너덜바위 직벽을 따라 모두들 미끄러지며 바위와 나무를 붙잡고 기다시피 내려갔다. 천지 달문에 이르니 구름이 가시고 햇빛 아래 천지 전체가 눈에 들어왔다. 모두들 천지의 물을 마시고 병에 가득 담았다. 나도 천지의 물을 먹어보니 차고 시원한 게 물맛이 아주 좋았고, 그래서 식구들에게 나누어 주어야겠다는 생각에 4리터 큰 물병에 가득 담았다.

천지라고 쓰인 큰 돌이 쓰러져 있기에 여럿이 세워서 사진을 찍으려고 하는데 중국 공안이 쫓아와 못 하게 한다. 가이드 사장이 공안과 얘기를 해보니 돈을 내야 사진을 찍을 수 있다고 하여 약간의 돈을 주고 돌을 세워서 기념촬영을 하였다. 촬

영이 끝나자 중국 공안이 기다렸다는 듯이 발로 차서 넘어트린다. 가이드 사장의 얘기로는 천지라고 쓰인 돌을 통해 중국 공안들이 관광객들을 상대로 용돈을 번다고 한다. 달문의 천지를 떠나 장백폭포로 내려가는데 한 무더기의 시커먼 구름이 몰려와 천지를 어둠에 몰아넣더니 좁쌀 같은 우박을 쏟아 내린다. 정말 백두산의 날씨 변화는 알다가도 모를 이변을 연출한다. 백두산이 정말 신비한 영산이라는 것을 일깨워 준다.

달문에서부터 안개 속에서 후드득 떨어지는 우박을 맞으며 장백폭포로 내려오는 좁고 길다란 시멘트 계단을 내려오다 문득 한국시인협회 회장을 역임한 오세영 교수가 직접 산과 들, 강 등 우리 국토의 아름다운 지역 108곳을 찾아 그 지역의 역사적 의미에 맞게 아름다운 언어로 표현한 시집 『임을 부르는 물소리 그 물소리』에서 읽은 시 '백두산'이 생각난다.

〈백두산〉

누가 눈물 없이
백두산을 보았다 하는가.
알타이에서 뻗어내린 산맥이 동으로 치달아
땅끝 반도의 북쪽에 우뚝 멈춰
대륙의 한 축을 받들고 서 있는
백두.

한 민족이 그로 하여 태어나고

한 언어가 그로 하여 열렸나니

태평양에서 들이닥친 그 사나운 태풍과

북만으로부터 몰아쳐온 그 혹독한 눈보라를

어찌 이렇게도 의연히

대적할 수 있었단 말인가

오늘도 하늘은 어두워지고

반도의 해안엔 성근 빗발이 긋고 있지만

검은 구름 새로 우뚝 솟아

찬란히 그 이마를 태양과 마주한

백두 영봉이여

그대 없인 이 땅 위에

역사도 생존도 없었거니,

그대 없인 이 민족엔

영광도 자존도 없었거니,

단군이 그 곳에서 열어주신 그 보석 같은

한국어로

누가 눈물 없이 그대를 소리쳐

불러보았다가 하는가.

　　　－ 오세영 지음, 『임을 부르는 물소리 그 물소리』, 랜덤하우스, 2008년

백두산은 만주와 시베리아 및 우리나라를 아우르는 동북아시아의 가장 높은 산으로서 압록강, 두만강, 송화강의 원류가 되며 산의 정상이 늘 밝고 희다고 해서 태백산太白山, 장백산長白山, 백두산白頭山으로 불린다. 고대로부터 숭천숭산사상崇天崇山思想의 모태가 되어 신선도神仙道를 수행하는 사람들로부터는 신선神仙이 살고 있다는 삼신산三神山으로도 불리었다.

삼국유사의 고조선 개국설화에 있는 환웅천왕桓雄天王이 신시神市를 세운 태백산太伯山이 지금의 백두산이라고 단정할 근거는 없지만 우리의 선조들뿐만 아니라 우리 한민족 모두는 그때의 태백산을 지금의 백두산으로 인식하고 있다는 사실만큼은 모든 역사기록에 나와있으며 부정할 수 없는 믿음이다.

이스라엘 민족이 예루살렘 서쪽 성벽 일부인 '통곡의 벽'을 신성한 성역으로 생각하여 매년 수만 명씩 찾아가는 것이나, 중국의 황제들이 자신을 천제의 아들로 여겨 황제에 오르면 태산에 올라가 천상과 지상에 선조들을 위한 제사를 지냈던 것이 유명해져 중국 국민들이 죽기 전에 태산에 한번 올라 보고 싶어 하는 것과 똑같이 우리나라에 단군신앙이 보편적으로 받아들여진 오천년의 역사 속에서 백두산은 민족의 발상지로서 널리 숭배를 받고 있다.

이런 연유로 우리나라 사람들이 유독 백두산을 가보고 싶어하는데 우리나라 땅인 북한 쪽으로 못 올라가고 여러 가지 불편을 감수하고라도 연간 수천 명씩이나 중국 쪽으로 백두산을 올라가보는 것은 백두산이 우리 민족의 영원한 고향이기 때문이다. 백두산 천지와 같이 어렵게 등산을 하여 자연이 만들어 놓은 경이적인 아름다움을 볼 수 있는 매력도 있지만 지리산 능선을 따라 산행을 하면서 아침햇살과 저녁노을을 머금은 구름들이 봉우리 언저리에 걸쳐진 운무雲霧의 장관을 보는 기쁨도 등산으로 얻어지는 차원 높은 아름다움이다.

등산과 산행을 '질 좋은 삶' 이른바 웰빙 라이프 차원으로 규정하여 산행 문화 운동을 펼치고 있는 김홍주의 저서『산행 문화와 웰빙 라이프』에서 저자는 구름과 안개와 산에 대한 아름다움의 표현을 다음과 같이 말하였다.

"산은 아름답다. 산은 그 선과 모습이 아름다우며 철에 따라 변하는 색깔이 아름답다. 산, 그 안에 있는 봉우리와 바위, 나무, 풀, 꽃, 그리고 개울의 모두가 아름답다. 움직이지 않는 산과는 대조적으로 구름은 스스로 오고 간다. 구름과 어울리면 산이 변하고 아름다움은 달라진다. 같은 산도 봄·여름·가을·겨울, 철에 따라 다르고 같은 철에도 아침과 낮, 저녁때와 밤이 다르다. 날씨에 따라 다르지만 구름과 안개는 산의 경관을 변화시키고 갖가지 아름다움을 창조한다. 산머리 저 위에 흰 구름 두둥실 떠 있을 때, 구름이 떠오르는 햇살에 빨갛게 물들 때와, 지는 해가 뿌리는 노을에 젖어 구름이 연분홍빛을

띄우다가 노란 감 빛깔이 된다. 구름과 산이 어울리면 그 아름
다움은 황홀하다."

– 김홍주 지음, 『산행 문화와 웰빙 라이프』, 83쪽, 정상, 2005년

북한 쪽에서 본 백두산 천지

다 같이
건강을 위 ~ 하여

등산 간다 하면 왜 등산을 가는지 묻지 않아도 누구나 "건강을 위하여"라고 무의식중에 생각하고 말하게 된다. 그만큼 등산이 남녀노소를 불문하고 모두에게 건강에 좋다고 자신 있게 말할 수 있다. 몇 년 전부터 몸에 좋은 음식을 잘 먹고 공기 좋은 데서 건강하게 살고 싶어 하는 동기에서 '웰빙' 바람이 불었다. 지금은 여기에 치유도 겸한 '힐링'에 뜻을 두고 많은 이들이 삼림욕을 하기 위해 휴양림을 찾아가고 더불어 등산모임에 참여하기도 한다.

삼림욕에 대해 최근에 출판된 책, 『자연치유: 왜 숲길을 걸어야 하는가』에서는 삼림욕에 대해 다음과 같이 명쾌하게 설명하고 있다.

"삼림욕이란 숲속에서 목욕하는 것이 아니라, 오감을 통해 숲에 잠겨 드는 것이다. 이것은 운동이 아니고 산책도 아니며 조깅도 아니다. 단지 우리의 오감을 자연과 연결시켜 자연 속에 머무르는 것이다. 실내에서는 단지 눈과 귀 두 개의 감각만 사용하는 경향이 있다. 밖에서는 꽃향기를 맡고, 신선한 공기를 맛보고, 나무의 변화하는 색깔을 보며, 새소리를 듣고, 피부로 산들바람을 느낀다. 그리고 오감을 열면 자연계와 연결된다. 우리는 자연의 일부이다. 삼림욕은 다리와 같아서 오감을 열어줌으로써 인간과 자연계를 연결한다. 그리고 우리와 자연계가 조화를 이룰 때 우리는 치유를 시작할 수 있다."

– 칭 리 지음, 심우경 옮김,
『자연치유: 왜 숲길을 걸어야 하는가』 20쪽, 푸른사상사, 2019년

현대사회는 과거 50년 전보다 식량 부족에 시달리지 않으며 영양섭취가 향상되어 삶의 질이 좋아졌지만, 운동 부족과 영양 과다로 고혈압, 동맥경화, 심장병, 뇌졸중, 당뇨병 등의 성인병이 만연해졌다. 운동 부족과 영양의 과다 섭취가 지속되면 체내에 에너지원이 과다하게 축적되고 소모된 열량 외의 에너지는 지방으로 변화하여 신체에 축적된다. 이런 축적된 지방의 일부분이 콜레스테롤로 변하여 혈관을 흐르다가 혈관 벽에 붙어 동맥경화를 일으킨다. 동맥경화가 생기면 혈관이 좁아지면서 고혈압, 심장병, 뇌질환 등 여러 가지 증상이 일어난다.

금병산 등산인 삼림욕장

　많은 사람들이 체지방을 줄이고 몸을 날씬하게 유지하고자
운동을 하게 된다. 운동을 하면 지방이 연료로 사용되어 성인
병의 원인인 지방의 과잉 축적을 예방할 수 있다. 지방을 연소
시키기 위해서는 산소가 필요한데 산소로 연소시켜 에너지를
생산하는 운동을 유산소 운동이라고 한다. 장거리 달리기나 수
영, 스키 및 등산은 대표적인 유산소 운동이다. 육상의 단거리
달리기, 투포환 던지기, 역도, 씨름 등은 운동 중에 일시적으로
호흡을 하지 않아 무산소 운동이라고 한다. 건강에 좋은 운동
은 산소를 이용하여 지방을 태우는 유산소 운동이며 등산은 전
형적인 유산소 운동이기 때문에 정확하고 적절한 방법으로 등
산을 하면 건강에 매우 유익하다.

아침과 저녁으로 즐기는 유산소 운동에는 조깅과 워킹이 있는데 이 운동은 바쁜 도시인들에게 매우 인기 있는 운동이다. 워킹과 조깅은 신체에 부담이 적고 누구나 안전하게 할 수 있다는 점에서 매우 좋은 운동이지만 단조롭다는 점에 문제가 있다. 이런 단조로움 때문에 작심삼일에 그치고 지속적인 운동이 잘 안되어 중단하거나 헬스클럽을 찾아가게 된다.

등산은 조깅이나 워킹처럼 걷는 것이 기본이지만 자연 속에서 산을 오르고 내려가는 것을 반복하며 자연의 다양한 경치를 감상할 수 있어 단조롭거나 지루하지 않다. 또한 조깅이나 워킹은 운동 강도를 맞추기 위하여 의식적으로 조금 빠르게 걸어야 하나 등산은 혼자서 생각하며 걷거나 동료들과 얘기하며 천천히 걸어도 배낭을 메고 경사진 길을 걷기 때문에 운동 강도는 조깅이나 워킹과 같으며 그 이상이 될 때도 있다.

등산이 사람에게 가져다주는 건강 측면에서의 이득은 무엇일까? 우선적으로 등산은 심폐지구력과 근지구력, 그리고 균형능력과 리듬감을 길러주는 효과적인 유산소 운동 중 하나이다.

등산은 일반적인 유산소 운동에 비하여 막대한 에너지를 소비한다. 일본의 전문 산악인이며 등산 활동의 운동 생리학적 연구로 유명한 가노야체육대학교 스포츠트레이닝 교육연구센터 교수인 야마모토 마사요시의 저서 『똑똑한 등산이 내 몸을 살린다』에서는 다음과 같이 설명하고 있다.

"건강을 위해 운동할 때에는 심박수가 분당 120회 이상 되는 시간이 30분 정도 지속되게 하는 것이다. 일상생활에서 심박수가 120회/분 이상을 나타나는 시간은 조깅을 한 47분이고 그 외의 시간에서는 14분을 합하여 61분에 지나지 않았다. 한편 등산을 실시한 날에는 심박수가 120회/분 이상이었던 시간은 523분(8.7시간)이었다. 다른 척도로 바람직한 운동 강도를 이야기하면, 하루에 200~300kcal 정도의 에너지를 소비하는 것이 바람직하다. (중략) 본격적인 등산을 했을 때 보행시간(7.9~10시간)에 따라서 다소 차이가 있지만 5,000~7,000kcal에 도달한다. 마라톤에 사용되는 에너지가 2,000~2,500kcal라고 한다면 등산에서 얼마나 많은 에너지를 사용하는지 이해할 수 있을 것이다."

– 야마모토 마사요시 지음, 선우섭 옮김,
『똑똑한 등산이 내 몸을 살린다』 25쪽, 마운틴북스, 2008년

위의 사실에 근거한 등산의 에너지 소비량을 보면 평균 시간당 700kcal가 소모되므로 3시간 정도만 등산을 해도 마라톤 풀코스를 완주한 것과 비교될 수 있다. 등산의 이러한 막대한 에너지 소비량 때문에 체지방이 줄어들고, 몸이 날씬해지며 성인병의 발생을 억제하는 등 우리 몸을 건강하게 할 수 있다.

하버드 대학교 의학부의 리프 교수는 세계적으로 유명한 장수촌에서 사는 사람들이 왜 장수하는지 연구하여 1975년에

『세계 장수촌』이라는 책을 펴냈다. 이 책에 따르면 장수촌이 있는 히말라야, 안데스, 카프카스 등은 평균 1,000~2,000m로, 표고가 높은 지방에서 생활하는 이곳 사람들의 농사나 목축 등 일상적인 육체노동은 등산과 같은 수준의 에너지 소비를 보여준다는 것이다. 즉, 장수촌의 주민들은 날마다 등산을 하고 있는 셈이기 때문에 이런 고지대 주민들 중 동맥경화, 고혈압, 심장병 등과 같은 성인병 환자가 매우 적은 것으로 보고되고 있다.

등산이 일반적인 생활 운동보다 에너지 소비량이 많아 효과적인 유산소 운동임이 과학적인 실험으로 밝혀졌지만 이런 장점 외에도 다양한 측면에서 건강효과가 있음을 국내의 체육관련 연구기관에서 최근의 연구 결과로 상세히 밝혀냈다. 2010년 10월 21일 '등산과 건강'이라는 주제로 산림청이 주최하고 한국등산지원센터가 주관하는 건전한 등산문화 심포지엄에서 체육과학연구원 성봉주 책임연구원이 '등산이 신체에 미치는 효과'를 발표한 바 있는데 그 내용이 과학적으로 잘 설명되어 있어 전문을 인용하면 다음과 같다.

첫째, **뼈와 근육이 튼튼해진다.**
600개 이상의 근육과 206개의 뼈로 구성된 인체는 많이 사용할수록 발달을 하게 된다. 하루에 적어도 30~90분 정도의 걷기가 일반적으로 추천하는 걷기 운동량이다. 4시간 걸으면 20시간 침대에 누워있는 동안 빠져나간 골 질량이 보충된다.

둘째, 체지방 감소로 비만을 예방하고 해소시켜 준다.

등산은 운동 강도가 적당한 유산소 운동으로 특히 비만인의 체지방 감소에 효과적인 운동이다. 비만인에게 달리기보다 걷거나 등산을 추천하는 이유이다.

셋째, 뇌의 발달을 촉진한다.

등산은 다리를 많이 움직이며 발바닥의 혈관을 수시로 자극하여 뇌를 자극시키고 집중력과 창의력을 높여 뇌의 건강에 효과적이다. 창조적인 작업을 하는 직업군의 사람이 낮은 산을 산책하고 등산하는 이유이다.

넷째, 혈압을 안정화시켜 준다.

운동 강도를 잘 조절하면 혈액순환 기능을 향상시켜 저혈압이나 고혈압 환자에게 효과적인 운동이 가벼운 등산이다. 자신의 수준을 잘 파악하고 무리하지 않는 것이 최선의 방법이다.

다섯째, 콜레스테롤 수치를 낮춰준다.

등산은 혈액순환을 촉진하여 혈관 벽의 지방축적을 방지하고 콜레스테롤 축적을 예방할 수 있다. 그리고 등산은 지방을

에너지원으로 연소시켜 동맥경화의 원인이 되는 중성지방의 혈중 함량을 낮춰준다.

여섯째, 스트레스 해소로 활력이 증대된다.

나무와 숲 등 자연을 가까이 하면서 걷는 등산은 나무에서 발생되는 피톤치드와 여러 가지 환경적 영향으로 긴장감을 풀어주고 머리를 맑게 해주며 마음을 편안하게 정화시켜 스트레스 해소와 활력 증대에 효과적이다.

숲속에서의 캠핑

일곱째, 혈액순환의 활성화로 몸속의 나쁜 노폐물을 빨리 배출시킨다.

등산은 혈액순환 활성화로 심장기능을 강화시킨다. 10분 등산은 30분 사우나보다 건강 이득에 효과적이다. 등산 걷기는 신체활동을 통해 자연스럽게 배출되는 땀으로 노폐물과 중금속 성분이 자연스럽게 배출되어, 인공적인 환경으로 인한 사우나 땀과는 근본적인 차이가 있다.

여덟째, 사람들과 친교의 시간을 만들어준다.

산이 좋아 산에 다니는 사람도 있지만 사람이 좋아 산에 다니는 사람도 많다. 이처럼 등산은 산과 친구를 동시에 가질 수 있는 좋은 운동이다. 대학교 동아리 중에서 졸업 후에 가장 오랫동안 활동하는 단체가 바로 등산 관련 모임이다. 이는 사람과의 관계를 중요시하는 자연 속에서의 공존이 한몫을 하는 것으로 보인다.

아홉째, 사색의 여유를 제공해 준다.

등산은 동료와 함께할 수도 있지만 혼자서도 할 수 있는 동료선택이 다양한 운동이다. 혼자 등산을 시작했더라도 산속에서 새로운 동료나 친구를 사귈 수 있다. 특히 등산을 통한 혈액순환 촉진으로 신진대사가 활발해지며 사색의 여유를 즐길 수 있다. 머리가 복잡해질 때 산으로 발길을 트는 이유가 바로 여기에 있다.

열 번째, 자연과의 동화이다.

자연은 거짓말을 하지 않는다. 등산을 통해 자연과 동화되며 질병 치유력도 가진다. 마음이나 몸이 아픈 사람들이 산을 찾아 등산하는 이유도 여기에 있다. 일회성 등산도 좋지만 지금은 캠핑 장비가 경량, 간소화되어 큰 배낭에 야영 장비를 담아 산속 개울가나 참나무 숲속에 와서 등산 겸 야영하는 젊은 사람들이 많다. 혼자서 토요일에 등산한 후에 산속에서 야영하고 일요일에 하산하여 월요일에 직장에 출근하는 등산 마니아도 있다.

또한 요즘은 지자체마다 산속에 캠핑장을 잘 만들어놓아서 저렴한 가격에 이용할 수 있는 곳이 전국적으로 많다. 가족 또는 동료들과 함께 와서 텐트를 치고 자연 속에서 맛있는 음식을 해 먹으며 즐거움을 만끽할 수 있다. 이런 산행을 통해 자연과 동화되어 일상에서 지친 몸과 마음을 치유하는 효과를 본다.

열한 번째, 체력 강화를 통한 면역력 강화와 우울증 개선

규칙적인 등산은 유산소 운동 효과로 인한 체력강화로 연결된다. 이렇게 단련된 체력으로 질병에 대한 면역력이 강화되고 질병에 대한 저항력이 키워진다. 또한 규칙적인 등산은 우울증 개선에도 효과적이다.

숲속의 산행

북한산 능선

2장

아침에
배낭을
메고
산으로

아침에
배낭을 메고 산으로

　우리나라는 사계절이 분명하여 봄, 여름, 가을, 겨울의 사철에 따른 등산을 즐길 수가 있다. 백두대간의 시작이며 가장 높은 백두산(2,744m)을 비롯하여 한국의 알프스라 불리는 개마고원과 묘향산(1,909m)·금강산(1,638m) 등이 북한에 있으며, 남한에는 한라산(1,950m)·지리산(1,915m)·설악산(1,708m) 등의 명산이 많아 등산하기 좋은 여건을 갖추고 있다.

　특히 신선이 산다는 삼신산三神山은 봉래蓬萊(금강산) · 방장方丈(지리산)·영주瀛州(한라산)를 말하였고, 산이 높고 절경으로 유명한 오악五嶽으로는 백두산·지리산·금강산·묘향산·북한산이 각각 북악·남악·동악·서악·중악으로 불렸다. 조선시대에는 진산鎭山이 전국 240여 고을마다 있어서 숭산의 대상이 되기도 하였다.

따라서 남한지역의 1,000여 개 산들 중에서 국립공원인 지리산·토함산(745m)·계룡산(840m)·설악산·속리산(1,057m)·한라산·내장산(713m)·가야산(1,430m)·덕유산(1,594m)·오대산(1,523m)·주왕산(933m)·도봉산(840m)·월악산(1,097m)·소백산(1,420m)을 포함한 100대 명산 리스트를 보며 전부 완등을 하는 등산 마니아도 생겨난다.

등산을 처음 시작하는 초보자로부터 주말이면 아침에 배낭을 메고 산으로 향하는 등산 마니아가 되는 과정을 살펴보면 대략 5가지 과정을 거친다. 초보자는 등산을 배우기 위하여 '등산모임 따라가기'를 하고 어느 정도 등산에 재미를 붙이면 친구들 서너 명이 모여 '친구와 함께 담소'하며 산행을 즐긴다. 이런 과정을 거처 3~5년 산행을 하다 보면 등산 고수들로부터 자연스럽게 백두대간 종주 등의 얘기를 듣게 되고 종주를 하는 마니아들을 따라서 '산과 하나가 되는 종주'를 시작한다. 여러 종주 코스를 다니다 보면 더 높은 산행 경지를 맛보고자 혼자 산행을 하고 싶은 충동이 생겨 '침묵 속에 나 홀로 산행'을 하며 내 삶을 돌아보게 된다.

사람들이 잘 안 다니는 산을 찾아 나 홀로 산행을 하다 보면 자연히 나물 따는 아줌마와 약초와 버섯을 캐는 심마니들을 만나게 되고 그들로부터 등산과 함께하는 새로운 산속의 보물을 알게 된다. 그 후에는 높은 산에 굳이 올라가지 않고 '산속의 보물을 찾아서' 느긋하고 재미있는 산행을 하게 된다. 이쯤 되면 산에서 자연과 함께 신선 노름하는 산꾼이 된다. 이렇게 다섯 단계를 거치며 10년 이상 지나면 완전한 취미 생활로의 등산이 자리 잡게 된다. 이제부터 5단계의 과정을 자세히 살펴보기로 한다. 다만 마지막 '산속의 보물을 찾아서'는 제5장에서 상세히 설명토록 한다.

사량도 산

등산모임
따라가기

　등산은 자기와의 싸움이기도 하지만 친구, 연인, 가족끼리 같이 간다면 더욱 좋을 것이다. 등산은 자연에서 숨을 쉬면서 정서적으로 편하게 해준다. 실제로 등산을 하고 나면 스트레스 해소 효과가 있다. 최근에는 등산 인구가 너무 많아져서 주말에는 북한산이나 도봉산처럼 도심지 근교의 산은 많은 등산객으로 붐비고 있고 평일에도 산을 찾는 사람들이 많다.

　처음 등산을 하고자 하는 사람들은 일반적으로 등산에 대해 경험도 없고 산에 대해 아는 것이 없어 누군가가 산에 같이 가자고 권유하기 전에는 혼자 산행을 시작하는 것을 매우 어렵게 생각한다. 또한 산악사고의 뉴스를 청취하거나 하면 더욱 위험하다고 판단하여 실제 등산을 할 생각을 안 하게 된다. 그럼에도 불구하고 가을철 단풍 계절이 되면 가볍게 설악산 등 유명한 관광지에 가족이나 친지들과 놀러가서 산의 경치를 보고도 싶고 또 삼삼오오 산행을 하는 등산객들을 보면 등산하고 싶은 생각이 굴뚝같이 생긴다.

또한 소속 회사나 단체 등에서 인맥을 넓히려는 생각이나, 건강한 몸을 만들려는 생각 등 이런저런 이유로 등산을 처음 시도하는 사람들은 자연히 자신이 속해있는 직장이나 단체 또는 지역 공동체 등산모임에 가입하여 등산을 시작하게 된다. 등산을 좋아하는 사람들의 모임인 산악회에 가입하게 되면, 신입 회원을 환영하고 배려하는 차원에서 회장이나 산악회 간부들이 아주 친절하게 관심을 주고 여러 가지 구입 장비나 산행 시 갖고 가야 할 물건들에 대해 잘 지도해 준다.

전기산업인 산악회의 노고산 정상(가운데 필자)

이렇게 등산모임을 따라가다 보면 아주 쉽고 편하게 전국의 유명한 산들을 순례하면서 등산의 묘미를 느끼게 된다. 보통 산악회에서는 집행부에서 계절에 따라 독특하게 산행을 즐길 수 있는 100대 명산 등 유명한 산을 월별로 선정하여 년간 일정을 작성한다. 그리고 집행부가 사전에 답사하여 실제 산행 시 무사고로 즐길 수 있도록 배려한다. 땀을 흘리고 산행하여 정상에 올라 주위 산경치를 조망한 후 정상이나 부근에서 여러 동료들과 맛있는 점심을 먹게 된다. 또 하산하여 산자락 밑이나 시내에 들어와 뒷풀이 식사와 여흥을 즐기는 수도 있기 때문에 등산모임 따라가기가 재미있어진다.

정상에서의 맛있는 점심식사

덕유산 정상에 오른 너무 많은 등산객

　여러 형태의 모임과 산악회 등이 상당히 활발하게 활동하기 때문에 보다 편하고 다양하게 등산을 즐기며 건강과 인맥 둘 다 챙길 수 있게 된다. 특히 산악회 회원으로 활동하게 되면 1년에 한 번, 2월에서 4월 사이에 등산의 안녕과 친목을 도모하는 의미에서 시산제를 한다.

　한편 산악회가 인도하는 대로 명산을 찾아다니다 보면 너무 많은 산악회가 버스를 타고 와서 등산을 하기 때문에 산 입구부터 혼잡하고 정상으로 오르는 과정에서도 등산객에 치여서 산을 제대로 감상하기도 어려워 조금은 짜증이 나기도 한다. 마치 명절날 북새통을 이루는 시장과 같다고 할까. 그래서 어느 정도 시간이 지나면 마음 맞는 친구 두세 명이 산으로 떠나게 된다.

친구와 함께 담소하며

산악회를 따라다니다 보면 어느 정도 산을 알게 되고 등산의 재미도 느껴지게 된다. 자연히 등산하는 친구나 친한 선후배 동료들이 생기게 된다. 산악회는 여럿이 등산하기 때문에 인맥을 형성할 수 있고 여러 지역의 명산을 쉽게 돌아다니는 편한 면도 있지만 규칙적인 단체 행동과 시끌벅적한 분위기 등의 단점 때문에 몇 년 지나면 친한 사람과 삼삼오오 자유스러운 분위기에서 등산을 하고 싶은 욕망이 생기게 된다.

이런 연유로 몇몇 친구들과 등산을 하게 되고 사는 지역에서 멀리 떨어진 유명한 산이 아닌 돈이 안 들고 지하철이나 버스로 접근하기 좋은 산을 골라 등산을 즐기게 된다. 이렇게 친한 사람 둘이나 셋이서 산행을 하게 되면 자연스럽게 자신이 일하는 직장이나 사업에 관해 많은 얘기를 나누게 된다. 산 정상에 올라 갖고 온 점심을 맛있게 먹으며 막걸리 한잔하게 되면 산과 친구와 자연이 하나가 되어 즐거움이 배가된다. 이런 때 이태백李太伯이 산속(산 정상이 아니고 산 밑 계곡이라 생각된다)에서 친구와 대작하며 읊던 시가 저절로 생각나게 된다.

〈산중대작(山中對酌)〉

양인대작산화객(兩人對酌山花開)
둘이서 술을 마시는데 산에 꽃이 피었구나
일배일배복일배(一杯一杯復一杯)
한 잔 한 잔 또 한 잔
아취욕면군단거(我醉慾眠君且去)
내가 술이 취해 잠자고 싶은데 그대는 가게나
명조유의구금래(明朝有意抱琴來)
내일 아침 술 생각 있으면 거문고 갖고 오게나

산에서 가까운 친구와 술 한잔하면서 대화를 하면 남에게 잘 얘기할 수 없는 개인적인 고민 사항이나 가정의 문제 등 삶의 현장에 대한 깊은 얘기를 주고받는다. 경우에 따라서는 정치 얘기에 울분을 터트리기도 하고, 앞으로 하고 싶은 사업이나 취미 생활에 대해 의견 교환 등을 한다. 친구와 함께 담소를 하는 등산은 산악회를 따라다니는 등산보다 자유스럽게 해방된 기분을 갖게 되기 때문에 몇 십 년 이상 같이 등산하는 동료로 발전하게 되고 애착을 갖게 된다. 등산하는 것이 익숙해지고 등산에 대한 정보를 많이 알게 되어 스스로 새로운 산을 찾거나, 같은 산이라도 다른 등산로를 찾아서 등산하는 묘미를 즐기게 된다.

설악산 용아장성을 바라보며

서울 근교의 북한산, 도봉산, 관악산, 수락산, 불암산 등은 등산로가 십여 개에서 수십 개나 되는 산도 있다. 산마다 각각의 등산로 나름대로의 산행 난이도도 다르고 경치도 다르기 때문에 등산 코스를 달리하여 산행을 즐길 수 있다. 특히, 명산 중의 명산인 설악산, 지리산, 한라산 등 국내 유명한 산들은 산에 십여 개 이상의 봉우리들을 갖고 있다. 이런 산들은 산자락도 매우 넓기 때문에 많은 등산로가 있어 같은 산이라도 산행 코스를 달리하여 여러 번 산행을 하게 된다. 때로는 친구들과 어울려 공룡능선도 타고, 가을에는 12선녀탕으로 하산하면서 수채화 같은 단풍 경치에 매료된 적도 있다.

　나도 친구들과 산행을 즐기다 보니 사계절 모두 명산을 수없이 다녔다. 특히 설악산은 친구와 후배 4명이 모여 자동차로 금요일 밤 10시에 서울을 떠나 설악산 한계령에 도착한 후 새벽 4시에 캄캄한 등산로를 플래시로 밝히며 서북능선에 올라 대청봉까지 간 적이 여러 번 된다. 새벽 4시에 한계령에는 십여 대의 버스가 와서 수백 명의 등산객을 내려놓는다. 이들은 등산로 문이 열리면 헤드라이트를 켜고 차례차례 좁은 등산로를 줄지어 올라간다.

　일찍 올라가 선두에 서서 뒤돌아보면 캄캄한 산중에 헤드라이트 불빛이 꼬리를 물고 긴 뱀이 꿈틀대듯이 올라오는 것이 정말로 장관이다. 서북능선 삼거리에 오르면 모두들 주저앉아

서북능선 삼거리

쉬면서 대청봉 또는 끝청봉 좌우로 갈 방향을 정한 후 새벽 동
트는 것을 바라보며 능선을 탄다. 설악산 먼 산봉우리가 붉게
달궈지며 해 뜨는 것을 보며 죽음의 능선이라 불리는 서북능선
을 지나 위험한 너덜바위 지대를 돌파하여 대청까지 오르는 종
주 산행은 엄청난 고생이며 두고두고 잊지 않는 추억이 된다.

  어떤 때는 눈이 발목까지 쌓인 설악산을 아침에 용미리부터
산행하여 백담사를 거처 밤 10시 대청봉에 올라 휘황한 보름
달이 비추는 설경도 구경하였다. 겨울 설악산을 백골산이라고

부르는 이유를 알 만했다. 중청대피소에서 자고 새벽 동틀 때 일어나 대청봉 너머로 해 뜨는 것을 보면서 천불동 계곡으로 하산하여 저녁에 속초항에 가서 회를 맛있게 먹은 기억도 있다. 정말로 친한 친구 서너 명이 10여 년간 산행한 추억이 지금도 산에 가면 늘 즐겁게 떠오르며 요즘도 주말마다 친구들과 어울려 담소하며 서울 근교의 산을 찾아간다.

대청봉의 해돋이(오른쪽 필자)

산과 하나가 되는
종주

    산악회나 등산모임 또는 친구들과 산행을 3~4년 하게 되면 등산이 적성에 맞고 체력도 좋아져서 산행을 5시간 이상 할 수 있게 된다. 이때쯤 되면 두세 개 이상의 산이 능선으로 연이어져 있거나, 설악산이나 지리산처럼 십여 개의 봉우리를 갖고 있는 큰 산의 종주에 관심을 갖게 된다. 종주는 하루 8시간에서 14시간씩 한 번에 산행하게 되므로 산행 계획을 잘 세우고 준비를 잘해야 한다.

    종주를 처음 시도하는 사람은 가능한 한 종주 경험이 있는 사람들과 같이하는 것이 효과적이다. 종주를 계획한다면 필수적으로 산의 등산로를 잘 파악하고 다른 사람들이 종주한 체험담을 듣거나 인터넷에 올라있는 종주기행 등을 읽어보고 종주에 필요한 장비나 도구들을 준비해야 한다.

많은 사람들이 종주 하면 지리산에서 시작하여 설악산에서 끝나는 백두대간 종주를 생각한다. 그러나 이러한 산악인이 꿈꾸는 대간종주는 쉬운 종주코스를 여러 번 다니면서 체력을 강화시킨 후에 시도하는 것이 바람직하다. 처음 종주를 시도한다면 친구들 두세 명이나 경험 많은 등산모임을 따라 첫 종주를 경험하는 것이 좋다.

첫 종주는 가까운 도심 근처에서 시작하는데 일반적으로 7~8시간 걸리는 불암산–수락산 코스나 북한산 12성문 코스, 또는 운길산–예봉산 코스를 추천한다. 운길산역에서 시작하여 수종사를 거쳐 운길산에 올라 아름답고 시원한 북한강 두물머리 경치를 구경하고 반원상태인 능선을 따라 적갑산에 오른 후에 예봉산까지 가서 팔당역으로 하산하는 종주코스는 대략 8시간 정도 소요되는데 많은 등산인이 선호하는 종주코스이다.

나는 첫 종주를 친구와 둘이서 의기투합하여 불암산–수락산 코스로 아침 일찍 시작하였다. 상계동 불암산공원에서 시작하여 정암사를 거쳐 깔닥고개를 넘어 불암산 정상에 오른다. 그리고 계속하여 수락산 쪽으로 능선을 따라 내려가면 예비군 훈련장이 있는 덕릉고개의 육교에 이른다. 덕릉고개 육교를 지나 근처에서 식사를 한 후에 능선을 따라 수락산 정상으로 향하여 도솔봉을 지나 수락산 정상에 올라 휴식을 취한다. 계속해서 의정부 쪽으로 내려가면 그 유명한 기차바위를 지나 지하철 1

호선 회령역으로 하산하여 종주를 마친다. 20여 년 전에 첫 종주를 마치고 회령역 근처의 식당에서 종주 축하 기쁨으로 막걸리를 마시는 뿌듯한 기분은 지금도 가끔 생각나곤 한다.

이렇게 첫 종주를 체험하게 되면 종주의 맛을 알게 되어 전국의 유명한 종주코스인 북한산 12성문(12+1코스), 치악산, 덕유산, 내장산, 설악산 종주코스 등 많은 종주코스를 다니게 된다. 그리고 더 나아가 무박 또는 1박 2일 지리산 종주를 시작하여 대망의 백두대간 종주코스를 즐기게 된다. 대간 종주를 마친 사람들은 조금 어려운 정맥과 지맥을 찾아가게 된다. 정맥 중에서는 한겨울에 철원 수피령부터 시작하여 광덕산과 국망봉, 청계산, 운악산, 도봉산, 북한산으로 이어지는 13개 구간을 종주하는 한북정맥이 가장 인기 있는 종주코스이다.

겨울철 백두대간 능선

내 친구 중에 조래권(별명: 조진대)이라고 하는 대학 친구가 있다. 이 친구와 산행도 많이 했는데 이 친구는 우리나라에서 몇 안 되는 종주의 대가이다. 그는 우리나라 산경표에 나와있는 남한 내 백두대간, 정맥, 기맥, 지맥 총 11,000km를 사모님과 둘이서 12년 10개월 만에 완주하였다. 이는 어지간한 산악인들도 하기 어려운 일이다. 인터넷에 '조진대의 산행일기'를 검색해보면 그의 블로그에 완주한 모든 구간의 산행일지가 꼼꼼하고 자세하게 기재되어 있다. 그의 종주 일기는 처음 종주를 하고자 하는 등산인이 참고로 하는 종주 지침서이자 일정표로 정평이 나있다. 그의 백두대간 첫 종주일기를 잠깐 소개코자 한다.

조진대 부부 완주 기념사진

백두대간 지리산 當日 縱走(2003.6.14)

山莊에선 자기 싫다 – 豫約, 다른 사람들 눈치, 화장실, 식사 등등 때문에…. 대간은 해야겠고 해서 생각해 낸 게 잠자지 않고 걷는 당일종주. 친구들이 만류한다. 최소 1박 2일이 소요되고 마눌이 못 갈 것이라고… 나이도 따지고… 조사를 많이 했다. 그중에서도 도움이 된 건 지도상 나와 있는 소요시간, 숨은 벽 님, 최중교 님의 2002년 5월 및 6월 당일종주 산행일기.

열차로 구례구역 04:05 도착, 택시로 성삼재에 가고, 16시간의 종주를 한 후 중산리 1박 하고, 진주-서울로 버스를 이용하려 했다. 그런데, 전에 한번 함께했던 안내 산악회가 같은 날 지리산 종주하는 게 번쩍 눈에 들어왔다. 열차를 취소하고 22:00 천호역에서 출발하는 그들에게 예약을 했다. 준비물은 최소한도로 했지만 반도 못 치우고 그대로 지고 왔다. 준비물 - 밥 1끼분, 반찬 (고추장+멸치볶음, 오이지무침), 물 1리터, 마른 과일, 육포, 건빵, 빵, 초콜릿, 미숫가루, 오징어, 참치통조림, 치즈, 오이, 방울토마토, 참외, 카메라, 나침반, 지도, 갈아입을 옷, 랜턴, 스틱, 스프레이 파스, 수지침, 우비.

종주코스는 중산리 출발 – 법계사 – 천왕봉 – 장터목산장 – 연하봉 – 촛대봉 – 세석산장 – 선비생 – 벽소령산장 – 연

하천산장 – 토끼봉 – 화개재 – 삼도봉 – 노루목 – 임걸령 –
돼지평전 – 노고단 – 성삼재 도착 계 13시간 10분(빠른 사람
은 11시간? 늦은 사람은 15시간 15분) 거리는 총 34.2km

　2대의 버스는 10:10경 천호역을 출발, 상일동에 정차했다.
중부고속도를 타고 음성휴게소에서 잠시 쉰다. 비몽사몽 –
잠을 자는 둥 마는 둥- 차는 산청휴게소에서 30여 분 쉬어 아
침을 먹게 하는데, 만사가 귀찮아 화장실만 이용, 03:10 중산
리 매표소 앞에 사람들을 토해냈다. 53명 입장권을 끊고 말들
이 경마장 출발대를 떠나는 것처럼 어둠을 뚫고 돌진한다. 나
와 마눌(마누라)은 충청도형이라 뒤쪽에서 랜턴을 비추고, 그
러나 꾸준히 쉬지 않고 걸었다.

　한참을 가다 보니 왼쪽 장터목으로 가는 갈림길이 나온다.
칼바위가 어디인지 로터리 산장이 어디인지 보이지도 않는
다. 날이 차츰 훤해지며 나타나는 게 법계사이다(04:45). 랜턴
을 껐다. 길은 가파른 계단을 오르고 또 오른다. 그제야 사람
들 얼굴이 분간이 되고, 절에서 출발하는 듯한 보살님들 서너
명도 보인다. 바람이 분다. 오를수록 점점 차게, 반팔 차림의
난 추위로 소름이 끼쳐 오는 걸 어쩔 수가 없어, 일부러 씩씩
한 체 가슴을 벌리고 걷는다.

05:23 개선문을 지난다. 길은 계속 오르는 계단. 집채만 한 바위들 틈새로 수도처럼 떨어지는 물을 받아 "나 죽이려고 작정하고 데려왔지?" 병든 병아리 아물대듯 하는, 고행의 길로 나선 마눌에게 바친다. 찬바람은 모자를 날릴 듯 불어주고, 하산하는 사람들은 하나같이 긴 팔 아니면 오버트로즈를 입었다.

05:55 암릉길을 더듬어 올라 드디어 천왕봉에 섰다. 몇 년만인가? 지리산은 주로 추운 겨울에 찾았었다. 그래서 천왕봉의 추억은 휘몰아치는 찬 바람뿐이었는데, 오늘은 여름이건만 춥기만 하다. 기회를 봐서 재빨리 사진을 찍고는 마눌을 재촉해서 출발했다. 적지 않은 사람들을 추월해서 왔건만 함께 온 일행들을 볼 수가 없다.

10:30 벽소령을 통과 못 하면 음정으로 강제 하산시킨다기에 중간시험에 합격하려고 쉬지도 못하고 좋아하는 사진도 못 찍고 행진에 또 행진이다. 통천문을 지난다. 전에는 철계단이 없었는데…. 이어 나오는 녹색의 초원 위에 죽은 귀신처럼 고사목이 우뚝우뚝 서 있는 제석봉을 지난다. 그리고 잠시 내리막을 내려선 후 장터목산장(06:33)에 닿았다. 많은 사람들이 아침을 해 먹느라 부산을 떤다. 거지 구걸하듯 매점을 찾아 컵라면이라도 사 먹을까 하며 2층으로 올라갔는데, 7:00부터

개점을 한다기에 그냥 되돌아서 빵 쪼가리를 배낭에서 꺼내 입에 문다. 생각해 보니 이 무슨 미친 짓인지, 대간 종주가 뭐기에 고생을 사서 하는 건지….(중략)

14:00 삼도봉(1,499m)에 오르니 우측으로 반야봉 오르는 길이 있고, "이곳이 어디입니까?" 앉아 쉬는 우리 일행에게 물으니 3개도 경계를 표시하는 자그마한 3각 표시를 가리킨다. "전에 우리 산악회 함께하셨나요?" 그들이 물었다. "1년 전 한 번요." "어쩐지 하신 분 같습니다." 보이는 얼굴 생김에 비해 그런대로 따라온다는 표정이다.

14:07 다른 각도의 반야봉 갈림길이다. 여기서부터 평탄한 길에 리본이 전혀 보이질 않으니 마눌, 걱정이 되는지 제대로 가고 있는 거냐고 묻는다. 나도 헷갈린다. "넓은 길을 따라왔으니 틀림없겠지." 오늘 설마 알바 할까? 커다랗게 우뚝 선 바위 틈새로 물이 흘러나온다. 그 물을 받아 병에 넣으니 뒤따라 오던 가이드 "조금 더 가면 임걸령이고 물맛이 제일인데, 조금만 받으세요." 일러준다. 평지 길과 약간의 내리막을 내려선 후 14:47 임걸령에 닿았다. 우측 10m 지점에 물이 콸콸거리며 파이프에서 흘러나온다. 남은 길이 얼마 안 되니 반병씩 담았다. 길은 서서히 오르막이고, 목장 같은 평원이 나오고 사람들이 그곳에서 뛰며 놀고 있다. 점점 구름이 짙게 몰려온다.

눈앞의 봉우리가 노고단이면 좋은데… 그러나 봉에 올라 안내표지를 보니 돼지평전이다.

   구름 속 길을 따라 하염없이 걷는다. 마음은 점점 초조해져 마눌도 성큼성큼 걷기 시작한다. 길은 봉을 왼쪽으로 끼고 평탄하게 이어진다. 함박꽃나무가 점점 많아지고 그 향기가 피로감을 풀어준다. 드디어 비가 온다. 15시부터 온다던 비는 우리가 산행 마치는 걸 기다리다 못해 30분 늦게 떨어지기 시작한다. 그러나 마지막 악을 쓰는 우리가 안쓰러웠던지 이내 그쳐 주었다. 15:45 노고단에 왔다. 도로를 따라, 질러가는 길을 따라, 또 도로를 따라 지루하게 걷는다. 길은 시멘트포장과 돌포장의 반복이고, 서서히 내리막이다. 성삼재에 오니 16:27 대단원의 지리산 종주를 마쳤다. 當日에… 13시간 10분에 종주를 마치다니 꿈만 같다.

– 인터넷 블로그 '조진대의 산행일기' 중에서 발췌

   나는 겨울철인 1월에 같이 갈 친구 3명과 함께 중산리 – 천왕봉 – 노고단에 이르는 1박 2일 지리산 종주를 계획하고 어렵게 대피소 예약도 마련하였다. 그런데 종주 시작 며칠 전에 친구 두 명이 못 가게 되는 사정이 생겨서 할 수 없이 결혼한 지 몇 년 안 된 아들을 설득하여 지리산 종주를 하게 되었다. 등산 경험이 거의 없는 아들이지만 젊어서 체력에 자신 있다며 따라

나섰다.

산청군 중산리에 도착하여 숙박을 겸하는 식당에 들어가 내일 산행을 위해 삼겹살로 맛있는 식사를 하고 잠을 잤다. 아침 6시에 일어나 식사를 한 후에 천왕봉 정상을 오르는데 경사진 비탈길이 눈 때문에 미끄럽고 또 지쳐서 정상에 도착했을 때가 오후 1시가 되었다.

장터목 대피소에서 점심을 먹고 눈 덮인 능선을 종주하는데 높은 봉우리를 오르고 내려가며 힘들게 산행하여 늦어지는 바람에 밤 10시가 되서야 벽소령 대피소에 도착하였다. 대피소에서 밥과 삶은 돼지고기를 먹고 새우잠을 잔 후 아침 6시에 출발하여 눈길을 헤치고 점심때쯤 다음 목적지인 피아골 대피소에 도착했다. 그러나 산장 폐쇄로 물이 부족하여 눈을 녹여 라면을 끓여 먹고 나서 계속 눈 덮인 능선을 산행하여 저녁 5시에 노고단에 도착하였다.

노고단에서 미리 불러둔 택시를 타고 구례읍에 와서 저녁을 먹고 서울행 버스를 탈 수 있었다. 무척이나 고생한 지리산 종주였다. 아마도 아들에게는 잊지 못할 난생 처음의 고생이었을 것이고 그 추억은 나와 함께한 마지막 등산으로 남아있을 것이다.

아들과 함께한 지리산 종주 노고단에서

침묵 속의
나 홀로 산행

　나 홀로 산행은 주로 등산객이 잘 찾지 않는 호젓한 산을 찾아 산행을 한다. 경기도 가평군에 있는 청우산, 불기산, 대금산, 깃대봉 등에 가면 하루 종일 산행을 해도 등산객 2~3팀 정도만 만나거나 또는 혼자 산행하는 사람 한두 명을 만나는 데에 그친다. 그렇기에 혼자 산행을 하면 대부분 계곡이나 비탈길을 따라 올라가다가 능선에 올라타면 그때부터 침묵 속에 자연과 함께하는 산행이 된다. 정상에 오른 후 주변의 경치 좋은 곳에 앉아 점심을 먹으며 먼 산의 경치를 감상하게 된다.

　나 홀로 산행은 스님들이 하는 묵언 수행과 비슷하다. 산속에 사는 사람들이 매일 산에 오르며 체력 단련을 위해 수준 높은 육체적 수련과 함께 정신 수양을 위한 명상을 하는 것과 같다. 산길과 능선을 혼자 조용히 걸어가니 자연스럽게 자신의 일상생활도 돌아보게 되고 미래에 다가올 것들에 대해 깊은 생각을 하게 된다. 또, 걷다가 멈추어 계절 따라 바뀌는 숲과 산 경치를 감상하며 바람소리와 새소리를 들을 수 있어 내가 자연 속에 있음을 느끼게 된다.

마이산 천지탑 전경

스님들처럼 산속에 사는 사람들을 생각하니 수년 전 하일렉 산악회 동호인들과 마이산 등산 때 본 천지탑들이 생각난다. 이갑룡 처사는 일제강점기인 1930년대에 마이산에 들어와 도를 닦으며 거대하고 기이한 원형 탑 수십 개를 쌓고 절을 건축했다고 한다. 천지탑 안내판의 설명에 따르면 보통 수십 년 걸려 쌓는 탑들을 이 처사는 혼자서 축지법을 사용하여 3년 만에 쌓았다 하니 도사인 것이 분명하다. 아마도 탑을 쌓으며 조선이 일제 압박으로부터 독립되기를 빌었지 않았나 생각된다.

계룡산에 홀로 살면서 무예를 연마하는 기천무예의 2대 문주인 박사규 수행자는 아침 동틀 녘이면 연천봉으로, 문필봉으로, 관음봉으로 날마다 산에 오르며 정신과 몸을 수련한다. 그는 산에 오르는 사람에게 자연에 감사함을 느끼길 권하면서 다음과 같이 말한다.

"산에 오르면서 마음을 낮추고 물소리, 새소리, 바람 소리를 경청하다 보면 자기 존재의 소중함을 덩달아 알아차릴 수 있다. 정상 등정을 목표로 무턱대고 오르는 산행도 지양되어야 한다. 가급적 천천히, 쉬엄쉬엄 오르되 엄지발가락과 아랫배에 힘을 주고 걸으면 엄지발가락과 아랫배는 서로 상통하면서 기맥이 순환된다. 해가 뜨는 이른 아침의 산행, 혼자 하는 산행, 밤 산행도 수준 높은 수련 행위이다."

– 박원식 지음, 『산이 좋아 산에 사네』 246쪽, 도서출판 창해, 2009년

『구도자 요가난다』의 저자이자 인도가 낳은 위대한 요기Yogi, 파라마한사 요가난다Paramahansa Yogananda가 명상을 통하여 우리들 모두의 내면의 세계를 일깨우는 한 줄기 빛처럼 인류에게 던졌던 다음과 같은 말이 생각난다.

"내 안에 깃들어 있는,

우리 모두의 안에 깃들어 있는,

그리고 온 우주에 가득 찬,

우주 생명의 숨결!

영원의 그 숨결을

귀 기울여 듣는 순결한 영혼,

이 세상 구원의 빛 오직 이뿐이라."

– 파라마한사 요가난다 지음, 『구도자 요가난다』 9쪽, 정신세계사, 1984년

나는 60이 넘어서 나 홀로 산행을 3년간 하였는데 주로 경기도 전역에 걸쳐 조용하고 사람들이 안 가는 산만 골라 매주 일요일마다 혼자 산행을 하였다. 어떤 때는 산중에서 길을 잃고 고생을 한 적도 있고 깜깜한 산길을 내려오다 발을 헛디뎌 추락하여 다친 적도 있었다. 혼자 산행하는 것은 최고의 즐거움이지만 즐거움에 비례해서 많은 고난을 당하기도 한다. 이런 때 인생에 도움이 되는 작은 깨달음을 얻기도 하고, 국가와 민족의 나아갈 올바른 방법이 무엇인지 생각해 보기도 한다.

공자孔子도 산을 즐겨 올랐다고 한다. 그는 이런 말을 하였다. "동산에 올라가 비로소 노나라(공자의 조국)가 좁다는 사실을 깨달았고, 태산에 올라가 비로소 중국 천하가 좁다는 사실을 깨달았다." 공자는 산에 올라 자기의 이상을 크게 펼쳐봐야겠다는 것을 알게 된 셈이다. 그렇기에 위대한 선인들이 산을 오르고 산을 찾는가 보다.

한라산

3장

산의
네 가지
얼굴

산의
네 가지 얼굴

계절에 따라 산에 오르면 봄, 여름, 가을, 겨울에 따라 산의 색깔이 달라지고 산의 경치는 물론 산행 느낌이 크게 달라진다. 봄이 되면 산 밑부터 정상까지 형형색색의 꽃이 피기 시작한다. 여름이 되면 녹색의 숲이 우거지고 계곡에는 물이 시원하게 소리 내며 흘러간다. 가을이 되면 온 산에 갖가지 나무들의 잎이 다양한 색깔로 붉게 물들어 장관을 이룬다. 그리고 겨울에 흰 눈이 내리면 산은 산수화 속의 설경을 펼쳐낸다.

백두산이나 설악산, 지리산 등 높은 산을 산행할 때 산 밑에서 올라오는 안개와 구름이 산봉우리를 가릴 듯 말 듯 하며 펼쳐지는 산의 모습은 또 다른 등산의 맛을 느끼게 한다. 이렇게 산은 여인의 얼굴처럼 계절에 따라 화장을 바꾸며 아름답게 꾸

구름에 감춰진 산봉우리들

며서 산꾼들을 유혹한다. 특히 봄부터 가을 사이에 깊은 계곡
을 물길 따라 오르며 계곡 양쪽에 펼쳐진 기묘한 암봉을 바라
보며 산행하는 것 또한 능선으로 오르는 산행과 다른 별미를
제공한다.

계곡의 널따란 암반과 커다란 바위 사이로 흐르는 물을 보며
올라가다 커다란 웅덩이의 소沼와 폭포를 보는 것은 계곡 산행
의 진미이다. 설악산의 천불동계곡, 백운동계곡, 비룡폭포와
지리산의 칠선계곡 등이 계곡산행을 만끽할 수 있는 곳이다.

특히 지리산이나 설악산의 계곡은 일반 등산인들이 안 다니는 곳이 많은데 이런 곳은 원시림 그대로를 간직한 곳이 많아 어마어마하게 큰 고사목들이 계곡을 가로질러 쓰러져 있는 것이나 집채만 한 바위들을 볼 수 있다. 이런 깊은 산속의 계곡 풍경은 일반 산에서 볼 수 없는 진정한 계곡의 구경거리이다.

설악산 계곡 속에서 하이렉 산우들과 함께

철쭉능선에서
사진도 찍고

봄이 되면 나무에 잎이 파릇파릇 돋아나며 나뭇가지에 꽃망울이 생긴다. 숲속에도 작은 야생화들이 기지개를 편다. 특히 산에 다니면서 야생화를 주로 촬영하며 꽃을 감상하는 사진애호가들이 가장 좋아하는 계절이다. 봄에 제일 빨리 봄소식을 전하는 야생화는 작고 앙증맞으며 예쁜 복수초이다. 그 외에 노루귀, 엘레지, 미나리, 냉이, 참꽃마리, 옥매, 은방울꽃 등 야생화가 낙엽을 뚫고 화사한 얼굴을 내민다. 산 능선에 처음 꽃이 만개할 때가 오면 노란색의 산수유 꽃과 생강나무 꽃이 봄이 온 것을 알린다.

이때 산행을 하면 봄의 기운을 느껴 산행이 즐거워진다. 한 달쯤 지나면 진달래와 철쭉꽃이 피게 되는데 산 밑 들머리에

복수초

진달래가 먼저 만개하면 드디어 봄의 정취를 느낄 수 있다. 뒤이어 산을 오르는 능선에 철쭉꽃이 만개하면 산은 그 스스로 아름다움을 드러내며 아름답게 화장한 여인의 얼굴 모습으로 미소를 짓는다.

4월 말에서 5월 중순까지 철쭉이 만개할 때쯤이면 전국 여러 산에서 철쭉축제를 한다. 도심 한복판 아파트 사이에 있는 군포-수리산 공원의 낮은 산기슭과 바위 사이에 만개한 백만 그루의 분홍빛 철쭉동산은 등산객뿐만 아니라 연인과 가족들이 즐겨 찾는 장소이다. 서울 근교로는 서리산 정상부근에 있는 철쭉 동산이 유명한데 철쭉축제를 할 때면 마석에서 축령산-서리산 가는 도로와 축령산 올라가는 좁은 도로가 서리산을 등산코자 하는 단체버스와 승용차로 막히고 등산객들이 줄을 이어 산 능선을 오른다. 정상 부근에 넓게 펼쳐 만개한 분홍빛 철쭉꽃 사이로 다양한 색깔의 등산복을 입고 사진을 찍는 등산객과 철쭉꽃의 조화가 장관을 이룬다.

특히 경남 합천 황매산의 철쭉축제는 전국에서 가장 유명하다. 철쭉이 만개할 때쯤이면 각종 신문과 방송이 한 번쯤 온 산 능선을 붉은 색으로 뒤덮은 황매산 철쭉 풍경을 취재해서 보도하기 때문에 일반인에게도 잘 알려져 산행을 유혹한다. 봄이 되면 이 산 저 산 어디서나 크고 작은 아름다운 꽃들이 피기 때문에 등산객들은 발걸음을 멈추고 야생화를 감상하며 자연의 아름다운 조화 속에 산행의 즐거움을 갖게 된다.

산에 붉게 물든 진달래

알탕하기 좋은
계곡 속으로

    녹음이 우거진 여름산행은 산의 또 다른 얼굴색을 보게 한다. 푸른 나무 숲속의 오솔길을 걷는 기분은 마치 자연이란 어머니 품속에 들어온 것처럼 편안하게 느껴진다. 여름의 울창한 나무 숲에서 내뿜는 맑은 공기 때문에 더욱 기분이 상쾌해진다.

    녹음이 짙은 숲속에는 나무에서 뿜어내는 방향성 물질이 많다. 이 물질을 피톤치드라 하며 나무가 자라는 과정에서 자신을 보호하려고 내뿜는 물질로 살균, 살충 성분이 포함되어 있다. 나무가 왕성하게 잘 자라는 초여름부터 가을까지 나무는 많은 양의 피톤치드를 내뿜는데 사람이 호흡을 통해 피톤치드를 흡수하면 스트레스가 완화되고 심리적으로 안정되는 효과가 있다.

뜨거운 여름을 식히는 계곡산행

　계곡길을 따라 올라가면 온갖 새들이 지저귀는 소리가 바람과 계곡물 소리와 어울려 자연의 오케스트라 연주를 듣는 것 같다. 더구나 푹푹 찌는 무더운 여름날 깊은 계곡 속으로 올라가다 우레 같은 소리와 함께 하얀 물방울을 뿌리며 떨어지는 폭포물을 보면 세속에 찌든 온갖 시름이 다 날아가 버리고 가슴이 시원하게 뻥 뚫리는 것이 느껴진다. 폭포 물이 세차게 하얀 암반 계곡을 흘러서 커다란 물웅덩이 소沼를 만든다. 이 투명하고 파란 물속의 소를 내려다보면 물속에 풍덩 뛰어들고 싶은 충동을 가져다준다. 하얀 암반 계곡에서 폭포와 소를 보면서 산행하는 것이 여름 산행의 별미다.

폭포 얘기가 나오니 자연스럽게 『동국산수기』에 나오는 박제가의 〈묘향산 소기〉에서 만폭동 폭포를 보고 쓴 글이 너무 멋있고 재미있어 여기 그대로 원문을 옮겨본다.

"만폭동에 앉아 있노라니 저녁볕이 사람을 비춰 준다. 거석이 고개를 이루었는데 긴 폭포가 이것을 넘어 흐른다. 물줄기가 세 번이나 꺾이고 나서야 밑으로 떨어져 바위 백 리를 씹는다. 떨어지는 물줄기가 못 속으로 움푹 제자리를 내면서 들어갔다가 다시 솟아 일어날 때 고사리 움이 주먹을 쥐고 나오는 것과도 같고 혹은 용의 수염 같고 혹은 범의 발톱 같게도 되어 무엇을 움킬 듯하다가 쓰러지곤 한다.

설악산 주전골 소(沼)

내뿜는 소리가 함께 내려 흘러 서서히 넘치다가 주춤하고 서야 다시 또 헤쳐 나가니 마치 숨을 헐떡거리는 것 같다. 가만히 듣고 있노라니 내 몸도 이와 더불어 숨이 차다. 잠시 후에 잠잠하여 소리가 없는가 하면 다음번엔 더욱 세차게 소리를 낸다…"

− 최철 편역, 『동국산수기』 215쪽, 덕문출판사, 1977년

여름에 산꾼들은 동료들에게 알탕하러 가자고 산행을 꼬드기곤 한다. 여름 산행의 별미는 땀을 뻘뻘 흘리며 산 정상에 올랐다가 계곡으로 하산하면서 물이 철철 흘러내리는 계곡물에 발 담그고 세수하며 물놀이하는 시원한 맛의 즐거움일 것이다.

내연산 연산폭포

때로는 국립공원이나 등산객들이 많이 가는 유명한 산이 아닌 호젓한 산속 계곡에서 알탕하는 재미가 아주 쏠쏠하다. '알탕'이란 은밀한 계곡의 시원한 물속에 알몸으로 들어가 즐기는 것을 말한다.

여자 분들이 있을 때는 보통 하지 않지만(여자 분들도 옷 입은 채 물속에 들어가 즐기는 경우도 있음) 남자들만 있을 때나 혼자일 때는 자주 즐기곤 한다. 차가운 물속에 알몸으로 드러누워 자연을 감상하며 피서하는 맛은 산행의 즐거움 중에서도 백미로 꼽히며 물속에서 시원한 막걸리를 한잔 곁들이면 무릉도원의 신선이 되는 기분을 얻을 수 있을 것이다.

계곡 물놀이

빨간 입술의
미인을 보며

등산 하면 많은 사람들이 자연스럽게 단풍이 물든 가을 산을 생각하곤 한다. 가을이 되면 숲속의 나무들은 모두들 겨울나기 채비를 하느라 나뭇잎을 떨어뜨린다. 모두가 아는 상식이지만 나뭇잎에는 노란색과 주황색의 '카로틴' 및 '크산토필' 색소 등이 들어있으며 봄부터 여름까지는 나무의 탄소동화작용의 영향으로 녹색의 엽록소가 훨씬 많다. 하지만 가을이 되면 나뭇잎의 수분 부족으로 엽록소가 파괴되며 이에 따라 노랑 혹은 빨강 색소가 나뭇잎 표면으로 두드러지게 나타나게 되어서 나뭇잎들이 아름답게 물든다.

한편 나무는 늦가을부터 겨울을 나기 위하여 영양분을 많이 소모하는 나뭇잎을 스스로 잘라 떨어트린다. 나무가 추운 겨울을 대비해 스스로 나뭇잎을 떨어트리는 것은 자연의 순리로서 떨어진 나뭇잎이 땅속 흙과 함께 거름이 되어 봄에 새 생명을 싹트게 하는 것을 보면 놀라게 된다.

가을철, 형형색색으로 물든 숲을 바라보며 산행하는 것은 가장 즐거운 등산의 묘미 중 하나다. 10월 한철 토요일이나 일요일이 되면 단풍 경치가 가장 아름다운 설악산에는 등산객뿐만 아니라 일반 관광객 수만 명이 몰려들어 산 능선과 맑은 계곡 사이로 펼쳐진 나무들의 오색 물결 수채화를 감상하곤 한다. 설악산뿐만 아니라 모든 산에 단풍이 들기 때문에 어느 산을 가든지 울긋불긋한 남녀노소의 등산복과 어우러진 가을 단풍 경치를 볼 수 있다.

이런 가을산행이야말로 아름다운 여인의 얼굴에 칠해진 빨간 연지를 보는 것 같은 즐거움을 맛볼 수 있다. 역시 가을도 봄과 같이 여인네들이 남정네를 산으로 유혹한다. 여러 색깔로 물든 나뭇잎이 바람에 휘날리며 떨어지는 산길을 걸으며 앞의 남녀 등산객이 손을 잡고 걷고 있는 것을 뒤따라가다 보면 먼 옛날의 연애 시절 추억이 떠오르곤 한다. 가을 산행은 조용히 자연을 감상하며 떨어지는 낙엽 속에서 자신이 살아온 삶을 되돌아보게 사색하는 시간을 돕는다.

가을철이면 억새산행도 또 다른 즐거움을 준다. 서울 북쪽

운천에서 약 7km 거리에 위치한 명성산(922.6m)은 산자락에 산정호수를 끼고 있어 등산과 함께 호수의 정취를 만끽할 수 있다. 태봉국을 세운 궁예의 애환이 서려있는 명성산은 전국에서 5번째에 드는 억새 갈대로 유명한 산이다. 9월 말~10월 초에 산정호수 명성산 억새꽃 축제가 개최되는데 정상에 거의 못 가서 있는 능선의 커다란 억새꽃이 피는 갈대가 장관이다. 이곳은 연인들이 등산 와서 사진 찍는 곳으로도 유명하다.

명성산 갈대밭

산을 붉게 물들인 설악산 단풍

하얀 눈길에 발자국 남기고

　겨울이 되면 눈이 내린다. 아파트 단지나 개인 집 마당에 있는 나무 위에 소복이 눈이 쌓이고 흰 눈이 펄펄 내리는 것을 보면 등산하는 사람들은 산에 가고 싶은 마음이 솟구쳐 올라오게 된다. 도심지나 들판에 내린 눈 경치는 어딜 가든 다 똑같은 것 같지만 산에 내린 눈 경치는 아주 색다른 맛을 더해 준다. 일반인들은 눈이 쌓인 추운 날씨를 생각하면 산에 갈 염두를 안 갖지만 눈 산행을 해본 사람들은 기막힌 설경을 보고자 겨울 등산도구인 아이젠과 스틱 및 장갑과 모자를 갖추고 삼삼오오 산으로 떠나곤 한다. 나무 숲에 얹힌 눈 경치를 바라보며 흰 눈이 두텁게 쌓여 발이 쏙쏙 빠지는 길을 걷는 것은 겨울에만 느낄 수 있는 매우 상쾌한 기분을 전해준다.

주목에 핀 설화

하얀 눈 속으로의 산행

산 능선에서 나뭇잎에 핀 눈꽃(설화)이나 높은 산 정상 부근에 있는 하얀 조각 같은 모양의 상고대(대기 중의 수증기가 승화하거나 0℃ 이하로 과냉각되어 만들어진 안개·구름 등의 미세한 물방울이 수목이나 지물(地物)의 탁월풍이 부는 측면에 부착·동결하여 순간적으로 생긴 얼음으로 수빙(樹氷)이라고도 한다)를 보는 것이 겨울 등산의 백미이다.

등산객들이 겨울철에 곰배령이나 태백산, 지리산, 설악산을 많이 가는 것은 눈이 많이 내리고 계곡과 능선이 하얗게 뒤덮인 아름다운 설경을 감상하며 정상 부근의 수많은 눈꽃과 천년 주목에 핀 환상적인 상고대를 여한 없이 볼 수 있기 때문이다. 겨울 등산은 어느 산이고 눈이나 얼음 때문에 위험하고 힘들지만 겨울 등산 장비를 잘 갖추고 안전에 주의하면서 산행을 하면 봄, 여름, 가을 못지않게 즐겁고 재미있는 산행 추억을 만들 수 있다.

특히 겨울 산행의 또 다른 별미는 추위에 떨며 힘들게 정상에 올라간 후에 버너로 떡라면이나 오뎅을 끓여서 손을 호호 비벼가며 소주를 곁들여 먹는 맛이다. 둘이 먹다 하나가 죽어도 모를 정도로 맛있다. 이런 재미에 모두들 추운 겨울에도 등산을 하러 배낭 메고 산으로 향한다.

떡라면 점심 먹기

백두산

4장

산행을
좀 더
즐겁게

산행을
좀 더 즐겁게

　많은 사람들이 1월 1일 새벽 일출을 보려고 해안가나 가까운 산의 정상에 오른다. 새벽에 붉은 빛이 먼 바닷가나 산봉우리에서 시작해 어둠을 걷어내고 햇살이 퍼져가는 가운데 둥근 해가 조금씩 올라오는 광경을 보면서 한 해 소원을 빌어본다. 등산하는 사람들이 가장 즐거운 것 중에 하나가 바로 산 정상에서 일출 광경을 보는 것이다. 일반인들은 주로 속초 등 바닷가를 찾아가서 일출을 보지만 산을 좋아하는 등산인들은 주로 12월 31일 설악산 일출을 보러 1일 새벽 4시에 한계령에서 출발하여 대청봉을 목표로 서북능선에 오른다. 능선에서 설악산 봉우리 사이로 떠오르는 해를 보는 감흥은 아마도 잊지 못하는 기억이 될 것이다.

설악산 일출 모습

등산을 하다 보면 기상변화에 따라 예기치 못하게 산속에서 비를 맞거나 눈이 내리는 상태에서 산행을 하게 되는 경우도 있다. 이런 상황은 산행을 어렵게 만들기도 하지만 동시에 특별한 기억을 심어준다. 여름철에 산속에서 시커먼 뭉게구름이 그림자를 드리우며 산 밑에서 몰아쳐 올라오는 광경은 산에 가지 않으면 볼 수 없는 특별한 경험이다.

산에 혼자 가든 친구 두서너 명이 같이 가든 아니면 등산모임이나 산악회를 따라가든 산에 가면 즐겁다. 볼거리도 많고 힘들게 올라가서 먹는 꿀맛 같은 점심과 하산하여 동료들과 맛있는 저녁과 술 한 잔을 같이하는 뒤풀이 즐거움도 매우 특별

폭풍전야의 산

하다. 등산하며 맛있는 것을 먹고 아름다운 산 경치를 보며 산
행을 즐기는 것과 일 년에 한 번씩 일출을 보는 것 외에도 등산
에는 특별한 3가지 즐거움이 있다.

　산에는 46억 년의 지구 진화과정에서 발생한 자연의 형태와
동식물들을 보는 자연관찰의 즐거움, 산에 무수히 널려있는
역사 유물과 전설을 보고 듣는 즐거움, 혼자서 산속을 걸으며
나 자신과 삶을 생각하는 즐거움 등 3가지의 독특한 즐거움이
있다.

46억 년의 진화를 본다

산에 가면 우리는 동물과 식물 등 많은 생명체를 만나며 그들의 생태를 관찰하고 또 감상하는 즐거움을 얻는다. 우리 인간도 그들과 똑같은 조상을 갖는 한 뿌리에서 진화된 생명체인데 많은 사람들은 이 점을 별로 인식하지 않은 채 우리가 그들과 완전히 다른 존재인 것처럼 생각한다.

46억 년 전 태양계 내에 흩어져 있던 기체와 작은 물질들이 압축되어 격렬하게 불타던 붉은 덩어리가 식으며 지구가 형성되었다. 그 후, 지구에 존재하는 생명체는 약 40억 년 전 우주의 열역학 법칙에 따라 지구상에 있는 물질의 자기 생산이라는 특수한 환경조건하에서 자연적으로 탄생하였다. 약 2천에서 5천 개의 유전자를 갖고 있는 단백질이 어느 순간 꿈틀거리는 박테리아 세포로 변신하여 태양과 공기와 물에 의존하여 살아가는 생명체가 되었다.

40억 년이 지난 지금, 과학자들은 40억 년 전의 지구환경과 같은 조건의 실험실을 만들어 신비한 생명의 탄생 과정을 재현시키고자 노력하고 있다. 그 실험실에 지구 생명체에게 필수적인 6종류의 원자인 탄소, 질소, 수소, 산소, 황, 인을 넣고 화산 폭발과 천둥번개가 반복되는 혼돈의 세계를 만들어 수천 번의 실험을 하였다. 그러나 과학자들은 생명체와 유사한 단백질 구조는 만들었지만 생명체 자체를 만들 수는 없었다. 아직까지 신비 그 자체인 생명의 존재는 인간의 지식과 사고 영역 밖에 있는 신의 작품일 수도 있다.

태백산 주목

산에 가면 사람과 동·식물 등 생명체만 볼 수 있는 것이 아니고 지구 탄생의 비밀을 간직하고 있는 여러 형태의 기기묘묘한 절벽과 바위 및 굴러다니는 돌들, 그리고 감탄이 절로 나오는 기묘한 모양의 소나무와 거대한 주목 등을 볼 수 있다. 잘하면 계곡이나 하천에서 수억 년 전에 형성된 특별한 수석을 발견하는 기쁨도 있다.

수십억 년 전 지구의 화산활동과 지각 변동으로 기이한 형태의 지구 형성의 유산을 볼 수도 있다. 그중에 유명한 것이 주상절리와 너덜바위 지대 및 동굴 등이다.

광주 무등산에 올라가면 화산암의 멋진 주상절리가 발달되어 돌병풍을 두른 서석대와 입석대를 만날 수 있다. 산 정상 부근이나 해안가 암벽에서 주상절리를 만날 때마다 주상절리가 어떻게 형성되었는지 생각해 보는 사람은 많지 않지만 자연의 신비한 풍경만으로도 등산의 맛이 한층 살아난다.

주상절리는 용암이 분출되어 낮은 곳으로 흐르면서 급히 냉각되고 수축되어 생성된다. 수축으로 부피가 급격히 줄어들면, 인장응력引張應力이 생겨 서로 120°를 이루는 수직단열이 발달하여 단면이 사각형, 오각형 또는 육각형의 길이가 10m에 이르는 기둥 모양의 돌기둥이 만들어진다.

한편 산 능선이나 계곡에 있는 바위 너덜지대Stony slope(너덜징)는 커다란 암벽의 바위 틈새에 물이 스며들어가 얼고 녹고를 반복하며 갈라져 수만 년 동안 커다란 바위들이 무너져 내려 쌓인 곳을 말한다. 설악산 마등령~미시령 구간과 서북능선의 귀때기청봉 구간, 밀양 삼랑진 만어산의 만어사萬魚寺 너덜지대, 광주 무등산의 덕산 너덜지대가 유명하다. 등산인으로서 한 번쯤은 너덜지대의 장관을 구경할 만한데 이런 곳을 통과할 때는 무척 조심하여야 한다.

흔히 산사태의 흔적쯤으로 잘못 알고 있는 너덜지대도 있는

무등산 주상절리

데 대구 비슬산의 너덜지대가 대표적이다. 비슬산에는 무너져 내린 많은 너덜겅뿐 아니라, 너덜지대와 비슷하지만 탄생 배경이 전혀 다른 세계 최대 규모의 암괴류(돌 강)가 있다. 소재사를 지나 등산로 오른쪽 계곡으로 나서면 직경 10m가 넘는 것도 포함된 거대한 바윗덩어리들이 약 1.4km의 계곡을 가득 메운 장관을 보게 된다. 깊이가 5m에 이르는 돌강 바닥으로 흐르는 개울물 소리가 맑게 울린다. 이는 중생대 말 백악기 때 깊은 땅속의 마그마가 갈라진 화강암을 뚫고 지표로 솟아올라 형성된 바위가 수천만 년 동안 지표 부위가 물에 의해 깎여나가면서 바위가 드러나 형성된 것이다.

한편 북한산을 이루고 있는 화강암은 아주 깊은 땅속에서 마그마가 굳어 생겼다. 그 깊이는 7~10km는 될 것으로 전문가들은 본다. 아주 오랜 옛날 땅속의 온도가 상승해 암석이 광범하게 녹자 암석이 녹은 마그마가 부력을 받아 지표로 상승하기 시작했다. 이윽고 찬 지각 물질을 만나 열을 잃고 부력이 줄어들어 지하 1만km쯤 되는 곳에서 멈춰 화강암으로 굳어졌다. 이를 '서울 화강체'라고 부르는데, 북동~남서 방향으로 서울에서 의정부·포천까지 이어진다. 도봉산, 관악산, 수락산, 불암산도 비슷한 시기에 같은 뿌리에서 생겨났다. 북한산과 불암산, 관악산은 결국 하나로 이어졌다는 뜻이다. 이 산들 모두 1~2억 년 전 화강암 암반 위에 세워졌다.

도봉산 자운봉 암벽

도봉산과 불암산은 멋진 산이다. 정상 봉우리에서 급경사를 이뤄 시원하게 내리 뻗은 암벽은 흘러내리는 물이 파고들어 만들어낸 줄무늬 얼룩과 소나무 숲이 어울려 절묘한 경관을 연출한다. 불암산에는 정상을 이루는 암봉을 포함해 13개의 크고 작은 화강암 돔이 있다.

설악산의 천불동이나 공룡능선과 용아장성 등의 암봉은 대략 중생대 백악기인 약 9,000만 년 전 지하에서 형성된 화강암으로 만들어져서 분홍색을 띤다. 그러나 북한산의 인수봉이나 도봉산 및 불암산의 암봉은 중생대 쥐라기인 약 1억 7천만 년 전에 탄생했다. 이 화강암은 우윳빛 화강암으로 모두 기반암이었던 18억 년 전의 편마암이 침식되어 깎여나가면서 현재의 뾰족한 암봉을 이룬 것이다.

말의 두 귀 모습을 한 바위산과 기묘한 돌탑을 보기 위해 전북 진안의 마이산 도립공원을 많은 등산객이 찾는다. 마이산은 수백만 년 동안 자연의 힘이 수 킬로미터 길이, 2,000m 두께, 400m 이상의 높이로 지하 8,000m에서 돌과 모래로 비벼서 섞어 굳힌 천연 콘크리트 층을 비바람과 얼음의 힘으로 깎아 만든 암산(岩山)이다.

마이산 두 봉우리는 세계에서 가장 큰 역암층 산이다. 실제로 가까이 가보면 절벽에 화강암, 편마암, 규암 조각이 모래와

뒤섞어 촘촘히 박혀 있지만 진흙은 찾아보기 힘들다. 주먹만
한 돌부터 1m 이상의 바위들이 뒤섞어서 굳어진 것을 눈으로
볼 수 있다.

– 조흥섭 지음, 『한반도 자연사 기행』 203쪽, 한겨레출판, 2011년

이런 신비롭고 거대한 암봉들을 볼 때 눈을 즐겁게 하는 산
행의 기쁨을 누리면서 우리는 지구 46억 년의 비밀을 보게 되
는 것이다.

마이산 암봉

5천 년의 역사와 함께

　유명한 명산은 물론이고 작은 이름 없는 산이라도 우리나라의 산 밑 등산로 들머리 또는 산속 깊은 곳에는 대부분 절이 있고 폐허가 된 역사적 유적 등 우리 조상이 남긴 문화유산들이 있다. 등산을 하면서 사찰이나 유적지에 있는 국보나 보물로 지정된 사찰의 건물, 탑, 석불, 부도, 아름다운 석교, 봉수대, 장승, 산성과 왕릉 등 여러 유적과 유물을 둘러보며 안내판에 쓰여있는 관련 내용을 읽고 우리나라의 5천 년 역사를 뒤돌아보는 것도 등산의 즐거움 중의 하나이다.

　개천절날 서해도 조망하고 단군 왕검이 하늘에 제사를 드렸다는 사적 제136호 참성단塹星壇을 보려 강화도 마니산摩尼山을 찾았다. 마니산은 마리산摩利山, 마루산, 두악산頭嶽山이라고도 한다. 백두산과 한라산의 중간 지점에 위치한 해발고도

469.4m의 산으로 강화도에서 가장 높으며 정상에 오르면 강화도와 영종도, 서해의 작은 섬들 그리고 바다 건너 펼쳐진 드넓은 김포 평야가 한눈에 들어온다. 114계단을 거쳐 꾸불꾸불 천천히 올라가면서 우리나라의 시작인 단군조선으로부터 이어진 5,000년 역사가 역사란 과연 무엇을 의미하고 우리의 민족과 국가와 나의 삶에 어떤 영향을 주고 있는가 곰곰이 생각해 보도록 돕는다.

단재 신채호 선생은 그의 역사서 『신채호 역사논설집』에서 "국가의 역사는 민족의 소장성쇠의 상태를 가려서 기록한 것이다. 민족을 버리면 역사가 없을 것이며, 역사를 버리면 민족의 국가에 대한 관념이 크지 않을 것이니, 아아, 역사가의 책임이 그 또한 무거운 것이다."(12p)라고 말하였다. 신채호 선생의 말처럼 우리의 역사를 잘 알고 가르치는 것은 매우 중요하다.
한편 아놀드 J. 토인비는 저서 『역사의 교훈』에서 다음과 같이 말했다.

"도대체 역사로부터 배워야 할 교훈이라는 게 약간이나마 있는 것일까. (중략) 역사의 교훈은 미래에 관한 무언가를 우리에게 가르치는 것이다. 역사의 교훈은 현대의 문명이 과거의 여러 문명과 같은 길을 걸을 것임이 틀림없다는 것 따위의 일을 예언하는 것은 아니지만, 확실히 말할 수 있는 것은 만일 현대의 사태와 흡사한 과거의 사태에 대한 지식이 있으면 그러한 지식은 미래에 일어날 수 있는 여러 가지 가능성, 혹은 적어도 하나의 가능성을 가르쳐줄 수 있다는 것이다.”

역사를 모르면 민족의 뿌리가 약해져서 국가가 위태해질 수 있다는 신채호 선생의 말씀이나 우리가 역사를 알고 그 역사로부터 교훈을 얻어야 한다는 토인비의 말에 공감이 간다. 등산을 하면서 우리 민족의 역사 유물을 가까이서 볼 수 있고 역사를 새롭게 공부할 수 있다는 것은 그야말로 일석이조의 즐거움이다.

정상에 올라 탁 트인 서해바다를 바라보니 마음이 상쾌해진다. 돌로 네모나게 쌓아진 참성단을 둘러보니 4,000년 전 단군시대로부터 조선시대까지 왕과 대신들이 국태민안을 염원하여 천제가 있는 하늘에 올렸던 제사 모습을 상상해 보게 된다.

마니산 참성단 천제행사

지금은 우리나라가 5,000년의 역사를 가진 것에 대해 우리 모두가 긍지를 갖고 있지만 만약 김부식의 『삼국사』만 전해지고 동시대 일연 선사의 『삼국유사』나 행촌 이암의 『단군세기』가 전해지지 않았다면 우리의 역사는 중국 역사의 일부로 남아있을 뻔하였다. 지금 전해지고 있는 『환단고기』에 수록된 '단군세기 서'에서 이암은 다음과 같이 나라를 바로 세우는 것의 중요성을 역설하였다.

　"나라를 바로 세우는 길에, 선비의 기세보다 먼저인 것이 없고 역사를 정확히 아는 것보다 급한 것이 없으니 이것이 무슨 까닭일까? 역사가 밝혀지지 않으면 선비의 기세가 펼쳐질 수 없고 선비의 기세가 펼쳐지지 못하면 나라의 뿌리가 흔들리고 다스림이 법도에 맞지 않는다. 무릇 올바른 역사학은 나쁜 것은 나쁘다 하고 좋은 것은 좋다고 하며 사람을 저울질하고 세상을 얘기하니, 이 모든 것이 세상에 표준이 되는 것이다.
　이 백성이 생긴 지도 오래되어 세상이 열린 이래의 여러 가지 질서도 많이 변화하였다. 나라와 역사는 나란히 이어지며 사람과 다스림도 따로 나누어 말할 수 없는 것이니, 모두가 한 대인보다 먼저 생각되어야 하고 또 소중하게 생각해야 됨이라. 아아! 다스린다는 것은 오로지 사람의 뜻에 따르는 것이 어찌 바른 길을 생각해야 되나니, 사람의 뜻에 따른다는 것이 어찌 바른 길을 떠나서 따로 있는 것이겠는가?

나라에는 모습이 있고 역사에는 얼이 깃들어 있을진대, 모습이 어찌 얼을 잃고도 모습만으로 우쭐댈 수 있다고 할까? 바른 길로 바로 다스리는 것도 내 스스로 할 일이요, 모습과 얼을 갖추는 것도 내 스스로 할 일이다. 그렇기 때문에 이 세상 모든 일은 먼저 나 자신을 아는 데에 있음이라."

– 임승국 번역·주해 『환단고기』 49쪽, 1986년, 정신세계사

2019년 올해가 단기檀紀 4352년, 기해己亥년인데 우리가 단기를 계산함에 있어 서기 연도에 2,333년을 더하며 만드는 것도 『단군세기』에서 "무진 원년戊辰 元年(B.C. 2,333년)에 신인 왕검이 오가의 우두머리로서 800인의 무리를 이끌고 와서 단목의 터에 자리를 잡으니 구한의 백성들이 그를 임금으로 삼아 단군 왕검(檀君王儉)이라 하였다. 신시의 옛 규칙을 도로 찾고 도읍을 아사달에 정하여 나라를 세워 조선朝鮮이라 이름하였다."라는 역사적 사실에 기인함을 잘 알아야 할 것이다.

양주시 회암동에 있는 천보산을 가면 산 들머리에 회암사지 박물관과 함께 뒤쪽으로 거대한 규모의 회암사지(사적 제128호) 절터가 있다. 지금은 절터만 남은 회암사는 1328년(고려 충숙왕) 인도에서 원나라를 거쳐 고려에 들어온 인도인 지공선사가 인도의 나란타사를 본떠서 266칸의 대규모 사찰로 중창하였으며, 1378년(우왕) 지공선사의 제자인 나옹선사가 중건하였다.

천보산 화암사지. 폐허에 남아있는 아름다운 부도

이렇게 지어진 회암사는 고려 말 전국 사찰의 총본산으로서 승
려 수가 무려 3천 명에 이르렀다. 또한, 조선 초 무학대사가 다
시 중창하여 조선 초기만 해도 전국에서 규모가 가장 컸던 절
이다. 태조 이성계가 왕위를 물러주고 스승인 무학대사와 함께
수도 생활을 했던 곳이기도 하며, 효령대군도 이곳에서 여생을
보냈다고 한다.

불심이 깊은 명종의 모후인 문정황후가 보우대사에게 회암사
의 중창을 하도록 하였으나, 1565년(명종 20년) 문정왕후 사후 억
불정책으로 보우대사가 잡혀가고 절은 유생들에 의하여 모두
불태워져 폐허가 되었다. 산에 오르면서 이 회암사지를 둘러보
면 슬픈 역사의 한 장면을 보게 된다. 정치가 무엇인지 이념이

무엇인지 능선을 따라 천보산을 오르며 곱씹어 보게 된다.

　등산을 하다 보면 많은 산에서 허물어진 성벽과 누각을 보게
된다. 서울 근교 북한산이나 남양주 불곡산, 남한산성, 용문산
의 험준한 산세를 이용하여 구축한 함왕성지(경기도 기념물 제123
호) 등을 보면 삼국시대 여러 나라들이 각축전을 벌이던 역사의
현장을 알 수 있다. 산이 낮고 교통이 편리한 아차산은 여성과
나이 많은 노년층 등산객이 가장 많이 찾는 등산의 명소이다.
아차산~용마산 산행은 오르기도 쉽고 시간도 약 3시간 정도
소요되지만 한강을 바라보는 전망이 좋고 아차산성과 여러 개
의 보루를 볼 수 있어 역사 탐방 코스로도 인기가 있다.

　우리나라는 성곽의 나라라고 불릴 만큼 성곽이 많다. 남한만
해도 약 1,200여 군데가 있고 북한 지역과 만주 일대의 고구려
성곽을 합하면 무려 2,000여 군데에 이른다. 대부분의 성곽은
군사 요충지인 높은 산에 있는 산성이고 평지에는 주요 마을
공동체인 읍과 행정 관청, 왕궁이 있는 위치 주변에 성곽이 자
리 잡고 있다.

　아차산의 아차산성은 광진구 주민 김민수 씨가 1960년대에
등산을 하다가 최초로 발견하였으며, 이후 김민수 씨는 고고학
자들과 함께 아차산성과 보루 발굴에도 참여하였고 향토사학
자로 명성을 얻게 되었다.

우리나라는 3,000년 전 고조선 시대부터 도읍지와 산에 주변국의 침략을 방어하기 위하여 성을 쌓은 것으로 여겨진다. 산성에 대한 첫 기록은 중국 역사서 『사기史記』에 나온다. 『사기』의 기록으로 보아 고조선은 오래 전부터 견고한 산성을 축조했을 것으로 짐작할 수 있다. 고조선 이후 삼국시대에는 각국이 서로 영토 분쟁 때문에 전쟁이 많았고 특히 고구려는 서쪽의 중국, 북쪽의 부여와 대치하고 있는 관계로 자연스럽게 성을 쌓을 일이 많았다.

김부식의 『삼국사』에는 '고구려는 산을 의지하여 성을 축조하였기 때문에 쉽게 함락시킬 수 없다'고 나와 있으며, 아차산성이 아단성阿旦城 또는 아차성峨嵯城으로 기록되어 있다. 또한 아차산의 산성과 보루의 성벽에는 치雉의 구조가 그대로 남아있어 고구려 산성임을 증명하고 있다.

성벽에서 '치'란 구조는 성벽을 하늘에서 내려다볼 때 일직선 성벽에서 톱니바퀴의 돌출된 치雉처럼 'ㄷ'자로 성벽이 나와있는 구조를 말한다. 성벽에 '치'의 구조가 있으면 성벽 위의 군사들이 성벽을 기어오르는 적군에게 활과 창이나 돌을 던져 격퇴하기가 용이하다.

'치'의 구조는 성을 방어하는 전략적인 측면에서 볼 때 당시로서는 매우 획기적인 성곽 구조였다. 온달산성뿐만 아니라 서울 광진구에 있는 아차산의 고구려 산성이나 요동 및 만주의 모든 고구려 산성에는 '치'의 구조가 있다. 이 '치'라는 성곽 구

아차산성과 보루의 치 구조

조는 같은 시기의 중국이나 다른 나라에선 볼 수 없는 고구려
만의 특별한 축성 기법이다.

합천의 가야산으로 등산을 할 경우에는 하산하면서 해인사
의 세계문화유산인 팔만대장경 경판수장고를 볼 수 있다. 경판
수장고가 인위적으로 만들어진 첨단 냉방·온습도 조절 장치를
사용하지 않았음에도 자연의 통풍 원리를 이용한 건물 설계 덕
택에 천여 년 동안 팔만대장경 경판을 안전하게 보존하였다는
것은 현대의 기술로도 경이로운 지혜이다.

또한 설악산, 지리산, 대구 팔공산, 광주 무등산 등 수많은 명
산을 찾아 산행하다 보면 등산로 입구와 계곡 및 능선에 있는
수많은 탑과 석불들을 보며 선조들이 남긴 아름다운 문화유산
을 감상할 수 있다. 산이 좋아 산에 다니다 산속에서 많은 석불,

경주 남산 석불상

마애불 등을 만나다 보면 문화재에 대한 인식이 높아지며 아직
까지 보지 못한 문화재를 찾아서 등산을 하는 경우가 많아진다.

특히 경주 남산을 산행하다 보면 산 들머리부터 정상까지 수
많은 석불들을 볼 수 있다. 산 입구 배동 선방사터에는 1923년
에 넘어져 있던 석불을 다시 복원한 유물이 있다. 목조건물 속
에 있는 삼존석불이 한눈에 애기처럼 밝은 미소를 띠고 있는 것
을 볼 수 있는데 우리나라에서 가장 아름다운 것으로 손꼽힌다.

백제시대의 석조 불상 중에서 서산 용현리 산중턱에 있는 국

보 제84호 마애여래입상은 가장 한국적인 얼굴을 갖고 있다. 따듯하고 부드러우면서 넉넉한 미소를 머금은 제화갈라보살의 얼굴과 천진난만한 소년의 미소를 품은 미륵반가사유상을 볼 수 있다. 백제의 석공들은 빛이 비추는 방향에 따라 불상의 미소를 다르게 표현하는 격조 높은 심미안을 갖고 있었다.

이 마애여래삼존상에서 아침에는 밝고 평화로운 미소를, 저녁에는 은은하고 자비로운 미소를 볼 수 있다. 또한 이 석불이 새겨진 석조 불상은 동동남 30도, 동짓날 해 뜨는 방향으로 서 있어 햇볕을 풍부하게 받아들일 뿐만 아니라 마애불이 새겨진 부분이 80도로 기울어져 있어 밑에서 보는 사람들이 올려다보지 않고도 눈이 마주치게 보이는 과학적 치밀함이 감탄을 자아낸다.

서산 마애여래삼존상

나와
삶에 대한 생각

양평군에 있는 용문산을 오르다 보면 용문사 입구에 서 있는 높이 41m의 거대한 '용문사 은행나무'를 우러러보게 된다. 이 나무는 1,100년 이상의 수령을 자랑하는 신비한 나무로서 조선 세종 때 왕이 앉은 어전에 올라갈 수 있는 직위인 당상직첩_{堂上職牒} 벼슬이 내려졌다 하며, 마을에서는 굉장히 신령시하여 여러 가지 전설이 전해지고 있다.

이렇게 산 밑 마을 어귀에 있는 커다란 느티나무는 우리들의 삶 속에 들어와 있었다. 시골의 마을 복판이나 동구 밖 입구에 멋있게 펼쳐져 뜨거운 여름날 마을 사람들이나 지나가는 나그네가 나무 그늘 밑에서 쉴 수 있게 해주었던 고마운 존재이기도 했다. 산행하다 능선이나 바위 절벽 위에 서 있는 우람하고 커다란 소나무를 보면 산과 바위와 어울리는 소나무의 경치에 취해 잠깐 서서 바라보다가 저 소나무는 어떻게 살아왔나 문득 생각해 본다.

　커다란 우산 같은 나무는 우리 인간에게 땡볕의 그늘이 되어 주기도 하지만 때로는 깨달음의 원천이 되기도 한다. 『장자莊子』의 소요유逍遙遊에 보면 혜자惠子가 장자莊子를 비난하면서 말하기를 "가죽나무라는 큰 나무가 있는데 가지가 많고 몸통이 울퉁불퉁하여 길가에 있지만 목수들이 재목으로 쓸 수 없어 거들떠보지도 않으니 크기만 했지 쓸모가 없다."고 말한다. 이에

드름산 소나무

장자가 말하기를 "재목으로 쓸 수 있는 좋은 나무라면 벌써 잘려 나가서 이 자리에 없을 것이다. 가지가 많고 휘어지고 못생겼기 때문에 재목감이 안 되어 베어지지 않고 지금까지 살아 있는 것 아닌가. 또한 오래 살아있다 보니 커다란 나무가 되어 마을 사람들과 지나가는 과객이 편히 쉴 수 있는 그늘을 만들어주게 되었지 않는가."라고 하였다.

이 장자의 말은 쓸모없는 것도 알고 보면 도道이며, 스스로 즐기고 생명을 보존하면서 오히려 인간을 깨우치게 하는 쓸모를 가진 것이라고 일깨워 주고 있다. 어찌 자그마한 지식을 가진 세상 사람들이 그 큰 쓰임을 알 수 있겠느냐는 것이다. 못생긴 나무가 인간을 깨닫게 하고 스스로 아무 생각 없이 자연과 더불어 살다가 신神이 된 것이다.

아무런 생각 없이 살아라. 밥 먹고 일하고 똥 싸고 애 낳고 기르고 그런 세월 지나다 보면 한세상 다 가고 죽는다. 그게 인생이고 모든 지구에 있는 생명체가 다 같이 하는 것이다. 굼벵이도 참새도 거북이도 호랑이도 인간도 모두 똑같다. 죽으면 사라지는 것. 모든 사람들이 부귀영화에 얽매여 깨달음을 갖지 못한다.

내가 깨달음을 가졌다는 것은 아니고 깨달음을 찾고자 생각해 본다. 전두한도 권력의 맛에 도취되어 무수한 사람의 피를 통해 대통령이 되었지만 결국엔 설악산 심산유곡 백담사에 유배되고 말았으며 풀려난 후에도 또 감방에 가지 않았는가. 그의 삶을 보라. 유배되어 가슴 깊이 원한에 사무치는 나날을 보냈을 것이고 감방에 가서 얼마나 몸과 마음이 망가졌겠는가. 한갓 농부의 평안한 삶보다 못하지 않은가?

인도의 철학자 오쇼 라즈니쉬는 그의 저서 『장자, 도道를 말하다』에서 말하였다.

> "삶이 그 자체로 흘러가게 하라. 그러면 그대는 휴식할 수 있다. 투쟁하면서 물결의 상류로 거슬러 올라가려고 하지 말라. 헤엄치려고도 하지 말라. 그저 흐름에 내맡긴 채 흘러가라. 그 흐름이 그대를 어디로 데려가든지, 그대여, 내맡겨라. 하늘에 흘러가는 흰 구름이 되라. 목적지도 없고, 특정한 방향도 없이, 그냥 흘러갈 뿐, 그 흘러감 자체가 궁극의 깨달음이다."
>
> – 오쇼 라즈니쉬 강의, 류시화 옮김, 『장자, 도(道)를 말하다』 20쪽, 예하출판주식회사, 1997년

오쇼 라즈니쉬는 "아무것도 하지 말라, 생각도 하지 말라, 그냥 살아라."라고 말한다. 흘러가는 대로… 그러나 그냥 아무 생각 없이 어떻게 살란 말인가. 나도 생각해 보지만 할 수가 없다. 아무것도 하지 않으면 길거리 노숙자가 될 텐데. 밥 먹고 살아야 하는데… 장자, 오쇼 라즈니쉬는 어떻게 살았나 궁금해진다.

어떻게 살아야 보람되고 잘 살았다고 생각할까? 홀로 산행할 때 가장 많이 떠오르는 화두이다. 자신의 인생을 깊이 생각해 보면 볼수록 산다는 것이 무엇인지 아리송하다. 2016년 여름 산행을 위해 차를 몰고 소백산을 가다가 우리나라 명승지 10곳 중에서 첫 번째라고 하는 금계촌이 생각나서 소백산 입구 영주 풍기의 금계리를 찾아가 보았다.

통일신라 후기의 승려 도선道詵(827~898)이 지었다고 전하는 풍수서인 『도선비기道詵秘記』에도 소백산 아래 금계촌이 최고의 명당이라고 하였다. 또한 조선시대 최고의 예언가인 격암 남사고도 금계리를 10승지 중 첫째라고 하였으며, 조선 최고의 예언서인 『정감록』도 최고의 명승지라고 극찬하였다.

금계리에 있는 계곡과 계곡 옆에 있는 정자의 모습을 보았을 때 그림과 같은 풍경에 넋을 놓았다. 신선이 노는 곳이구나 할 정도로 주변 경치가 빼어났다. 조선 후기의 문인 이중환의 『택리지』도 소백산 아래 풍기가 가장 안전하고 살기 좋은 '생존의 땅'이라며 예찬하였다. 이 영향으로 일제강압기 때와 6·25 한국전쟁 이후에 많은 북한 주민이 풍기로 이주하여 왔다. 그중에 비단의 본고향이라는 평안도 사람들이 주가 되어 생계 수단으로 비단실을 생산하게 됨으로써 풍기 인견사가 유명하게 되었다.

현재 풍기의 주민이 약 3만 명인데 이북 출신의 주민이 약 2만 명에 달하여 풍기는 이북도민촌이 되었다. 금계정 난간에

풍기 금계리 금계정

앉아 경치를 감상하며 명승지를 찾아 피난 온 사람들의 삶과 그리고 내 삶이 무엇인지 생각하는 시간을 가져보았다.

국내 유명한 명산을 다니다 보면 으레 산 밑 들머리에 있는 거대한 사찰을 만나게 된다. 설악산에 가면 입구의 신흥사를 만나게 되고 지리산에 가면 화엄사를 만나게 된다. 조금 시간을 내어 사찰 경내를 둘러보고 산을 올라가면 불교를 이해하는 데 도움이 된다.

보통 사찰 입구의 일주문으로 들어서 올라가면 사천왕상이 있는 건물 가운데를 통과하여 대웅전과 탑이 있는 사찰 중심부에 이른다. 오래된 고찰의 경우 국보급의 건물과 탑 및 부도도 있고 아름다운 홍예교 같은 계곡의 다리도 볼 수 있다.

합천의 가야산을 올라 해인사의 경내를 구경하다 보면 세계문화유산인 팔만대장경 수장고와 박물관을 구경하는 것도 좋지만 살면서 배움이 뭔지 돌아보게 하는 고승의 유적도 추천할 만하다. 절 입구 오른쪽에 있는 거대한 성철스님 부도탑과 높은 암자 옆에 있는 혜암스님의 부도탑이 바로 그 유적이다.

조계종 7대 종정이신 성철스님의 기념탑은 거대한 사각형의 돌제단 위 중앙에 알 모양의 커다란 돌을 올려놓은 것으로 일

설악산 신흥사 입구

반 부도탑에 비해 아주 특이한 형태이다. 부도탑을 보니 세상이 아무리 변한다 하여도 "산은 산이요 물은 물이다"라는 성철 스님의 말씀이 생각나서 깊이 음미해 보지만 알 듯 모를 듯 이해난감이다.

"원각(圓覺)이 보조(普照)하니 적멸(寂滅)이 둘이 아니다.

보이는 만물이 관음(觀音)이요 들리는 소리는 묘음(妙音)이라.

보고 듣는 이밖에 진리(眞理)가 따로 없으니 시회대중(時會大衆)은 알겠는가?

산(山)은 산(山)이요 물은 물이로다."

성철스님은 불교에 입문한 이후 수만 권의 불경과 기타 서적을 읽었다고 한다. 그러나 깨달음을 얻은 후 제자들에게 책은 깨달음에 아무 도움도 안 된다 하며 "책을 읽지 말라"고 하였다고 전해진다.

한편 조계종 10대 종정이신 혜암스님의 기념탑은 암자 옆에 서 있다. 사람 키 두 배쯤 되는 커다란 야구 방망이 형태의 돌에다 "공부하다 죽어라"라는 문구를 검은 글씨로 써놓은 모습이다. 혜암스님은 후학과 제자들에게 늘 "공부하다 죽어라"라며 경전을 읽고 공부하여 깨달음을 얻으라고 독려하였다고 한다.

우리나라에서 가장 존경받는 한 스님은 "책 보지 말라" 하시

성철스님 부도탑

고 또 한 스님은 "공부하다 죽어라"라고 서로 상반된 말씀을 하시니 깨달음에 이르는 방법과 길은 도대체 무엇인가? 석가모니의 말씀이 떠오른다.

"누가 나에게 왕사성(王舍城)에 가는 길(道)을 묻는다면, 나는 왕사성에 가는 모든 길을 다 말해줄 것이다. 그러나 어느 길로 갈 것인지는 당신이 판단해서 가라."

다시 말하면 깨달음에 이르는 방법에 있어 성철스님과 혜암스님의 방법은 서로 다르지만 궁극적으로 깨달음의 끝은 같은 데서 만나는 것이 아닐까 생각해 본다.

혜암스님 기념탑

미국의 산악인이자 대법관이었던 윌리엄 오 더글러스는 다음과 같이 말한 바 있다.

"산을 좀 더 잘 알게 되고, 그것을 자신의 일부처럼 받아들이게 되면, 인간의 내면에 잠재되어 있는 공격성은 많이 둔화된다. 인간이 인간과 투쟁할 때는 질투, 시기, 좌절, 쓰라림, 증오 같은 것을 배우게 된다. 하지만 산과 투쟁할 때 인간은 자신보다 거대한 존재 앞에서 고개를 숙일 줄 알게 되고, 그런 과정을 통해 평온, 겸허, 품위 같은 것을 배우게 된다."

– 엄홍길 지음, 『꿈을 향해 거침없이 도전하라』, 15쪽,
도서출판 마음의숲, 2008년

산에 홀로 다니다 보면 이런저런 많은 생각을 하게 된다. 문득 옛 사람들은 어떻게 산행을 했나 생각해 본다. 『나를 찾아가는 하루 산행』 책에 옛 사람들의 산행법에 대해 자세히 소개되어 있어 여기 옮겨본다.

"우리의 옛 선조들은 단순히 정상에 오르기 위해 산행을 하지는 않았다고 합니다. 정상에 올라 '야호'를 외치거나 증명사진을 찍고 난 후 마치 시지프스가 돌을 밀어 올리고 나서 허무하게 다시 산을 내려가는 것처럼 산을 내려가는 것이 아니었지요.

그들은 산의 정상에 오르면 가쁜 숨을 고른 다음에 상투를 풀어 헤쳤다고 합니다. 1년 내내 망건으로 죄고 있어야 하는 머리를 풀고 바람 부는 방향에 서서 그 머리를 바람에 맘껏 날렸던 것이지요. 바람으로 빗질을 하는 이 풍습을 즐풍이라 했는데, 방향을 가려서 하였습니다. 동풍은 좋지만 서풍이나 북풍에는 하지 않는 법이라서 그날 풍향을 살펴 등산을 하였다고 합니다. 즐풍, 즉 바람으로 머리 빗질을 한 다음 거풍 단계에 접어드는데, 바지를 벗어 하체를 노출시킨 다음 햇볕이 내리쬐는 정상에서 하늘을 보고 눕는 것을 말합니다.

이러한 즐풍과 거풍 습속은 은폐하고 얽매어 놓았던 생리적인 부분을 해방시킨다는 뜻도 있지만 그 목적은 실리를 취하는 것이었습니다. 즉, 자연 속에 산재되어 있는 정을 받는 동작이자 의식이었던 것이지요. 태양과 가장 가까운 정상에서 하체를 노출시켜 태양과 맞대는 거풍 습속은 양(해) 대 양(성기)의 직접적인 접속으로 양기를 받는다고 믿었던 유감주술에서 비롯된 것입니다."

– 신정일 지음, 『나를 찾아가는 하루 산행』 118쪽, 도서출판 푸른숲, 2000년

즐풍과 거풍을 생각해 보니 우리 민족이 태양족이었음을 말하는 것 같다.

부산 금정구와 경상남도 양산시 동면에 걸쳐있는 해발 802m의 금정산이 있다. 태백산맥이 남으로 뻗어 한반도 동남단 바닷가에 이르러 솟은 명산인데 부산의 진산鎭山이다. 이 산에는 아주 특이한 명물이 있다. 『한국민족문화대백과사전』에서는 그 명물에 대해 다음과 같이 언급하고 있다.

"『신증동국여지승람(新增東國輿地勝覽)』에는 '동래현 북쪽 20리에 금정산이 있고, 산꼭대기에 세 길 정도 높이의 돌이 있는데 그 위에 우물이 있다. 둘레가 10여 척이며 깊이는 일곱 치쯤 된다. 물은 마르지 않고, 빛은 황금색이다. 전설로는 한 마리의 금빛 물고기가 오색구름을 타고 하늘에서 내려와 그 속에서 놀았다고 하여 금정이라는 산 이름을 지었다고 한다. 이로 인하여 절을 짓고 범어사라는 이름을 지었다.'라고 기록

되어 있다. 따라서 금정은 금어(金魚)가 사는 바위 우물에서 유래된 것으로 판단된다."

　너무나 유명한 산이라 나도 수년 전 동료들과 같이 금정산 바위 위에 올라 우물을 내려다보고 감탄하면서 그 물을 손으로 떠서 마셔보았다. 특별한 맛은 없으나 미지근하면서 목에 잘 넘어간다. 그때 문득 신라 원효元曉 스님이 동료 의상義湘과 중국으로 공부하러 가다가 깜깜한 밤 해골바가지에 담겨있던 물을 먹고 아침에 크게 깨달음을 얻은 후 중국으로 가지 않고 귀국하였다는 얘기가 생각났다. 원효 스님이 무엇을 깨달았을까? 나도 금정산 우물물을 먹고 무엇을 깨달았는지 곰곰이 생각해본다. 내가 시체 썩은 더러운 물을 마셨는지 하늘이 내려주신 꿀맛 같은 옥수를 마셨는지는 일체유심조一切有心造라고 마음에 달려있다고 한다. 내 삶도 잘 살았는지 못 살았는지 마음먹기에 달린 것일까?

금정산 정상 우물

북한산

5장

산속의
보물을
찾아서

자연의 선물을 얻는 즐거움

　4계절 등산을 하다 보면 우연치 않게 산 능선이나 계곡에서 보물을 얻을 수 있다. 보물이라 해서 금은보석이 아니고 자연이 인간에게 무상으로 주는 귀중한 물건이다. 봄에는 산나물과 함께 향기로운 차를 만들 수 있는 야생 꽃과 열매들이 있고 여름, 가을에는 버섯과 약초가 있다. 또한 죽은 나무들이 만든 괴목이 있고 산을 감싸고 있는 강가나 개울가에서는 수석壽石이라 부르기는 좀 뭐하지만 보기 좋고 귀여운 돌멩이들을 얻을 수 있다.

　젊었을 때는 모두들 건강을 위해서, 때로는 젊음을 자랑하느라고 정상을 목표로 하며 등산길 주위의 식물이나 나무 등에 한눈팔지 않고 산행을 한다. 그러나 오십이 넘어 천천히 산행을 하면서 산 능선과 계곡에서 산나물이나 버섯을 채취하는 사람을 본다든가 이상한 괴목이나 지팡이를 얻어서 즐거워하는 등산객을 만나서 얘기를 하다 보면 산속의 보물인 산나물과 버섯이나 괴목 또는 수석에 관심을 갖게 된다.

나는 육십 중반에 한참 산에 다닐 때 산에 관한 책을 많이 읽었다. 그때 신정일 씨가 쓴 『나를 찾아가는 하루 산행』에서 산나물과 버섯에 관해 흥미를 갖게 되어 관련된 책을 사서 읽고 공부하기 시작하였다. 그 책에서 저자는 산나물과 약초 등에 대해서 이렇게 감회를 말하였다.

"초등학교 시절 어느 날 아버님이 '산이나 가자' 하고 내 등에 작은 망태를 메어 주었다. 틈나는 대로 아버님을 따라 산에 다니며 봄나물 중에서 으뜸인 고비는 열두덜에 많이 나고 참두릅은 국골에서 많이 나며 더덕은 선각산 정상 바로 아래 부근에 나는 것이 씨알이 굵다는 것도 알게 되었다. 산에서 나는 약초와 먹을 수 있는 열매에 대한 것뿐만 아니라 산에 대한 종합적인 지식들을 많이 배웠던 시절이 있었다. (중략)
젊어서 지리산이나 설악산 같은 유명한 산을 종주할 때인데, 설악산 중청봉 아래 길섶에 만개했던 야생 표고버섯을 따다가 백담사 계곡에서 표고된장국을 끓여 먹었던 일이나 화엄사 바로 위에서 으름과 다래를 포식했던 일, 그리고 식사 때마다 그 주변에서 캐온 더덕으로 반찬을 해 먹었던 일이 어린

시절의 그 소중한 체험 때문에 가능했다."(서문에서)

산에서 얻을 수 있는 보물에 대해 관심을 갖게 되면 산나물이나 버섯 등의 책을 보게 되고 어쩌다가 스스로 보물을 만나거나 얻게 되는 경우에 또 다른 즐거움을 느끼게 된다. 이런 즐거움을 자주 느끼게 되면 점점 산속의 보물에 관심을 더 갖게되고 서서히 산속의 보물에 매료되어 산행의 즐거움이 배가된다. 어쩌다가 사람이 많이 다니지 않는 산 능선이나 계곡에서 곰취나물이나 두릅 또는 영지버섯을 발견하는 경우가 생기면 얼른 배낭을 벗어놓고 사진도 찍고 귀한 보물을 채취하게 된다. 산행을 하면서 건강도 챙기고 귀한 보물도 얻는 일석이조의 행운의 날이 된다.

일반적으로 산행하는 사람들이 산나물이나 버섯 등에 관심을 안 갖게 되는 이유가 잘못하여 독이 있는 나물이나 버섯을 채취하여 생명을 위태롭게 하지 않을까 걱정하기 때문이다. 봄이나 여름이면 TV방송에서 산나물이나 버섯의 위험성에 대해 많이 방송하는 것 때문에 모두들 몸을 사리게 된다. 특히 산나물이나 버섯의 종류가 너무 많고 독성이 있는 것과 먹을 수 있는 안전한 것을 판단하기가 아주 애매모호하기 때문에 위험을 자초하지 않으려고 하는 경향이 있다.

그러나 여러 가지 자료 및 전문가들이 쓴 책을 보고 산나물과 버섯을 공부하면서 현장에서 잘 관찰하고 이 방면에 대해 잘 아는 사람으로부터 조언을 얻으면 3년 이내에 전문가 수준이 될 수 있다. 특히 산나물이나 버섯은 수백 종류가 되기 때문에 너무 많이 알려고 하지 말고 대표적으로 쉽게 발견할 수 있고 독성이나 진위 여부를 쉽게 판별할 수 있는 10종류만 숙지하는 것이 안전하고 바람직하다.

꽃송이버섯

산나물의 향기 속으로

　봄이 오면 산과 들이 하루가 다르게 고운 색깔을 갈아입는다. 산 밑에서 골짜기로 들어서면 산벚나무꽃이 흐드러지게 피고 생강나무도 노란색 꽃을 피워 눈길을 사로잡는다. 산속에선 온갖 나무와 풀이 앞다투어 꽃을 피우고 쉴 새 없이 새싹을 틔우면서 봄의 생기가 온몸으로 느껴진다.

　꽃이 지고 나뭇잎이 파릇파릇하게 자라면 산에서는 산나물이 자라기 시작한다. 낮은 산에는 참취와 고사리, 머위, 두릅 등이 있고, 골짜기나 물가에는 다래나물이 있으며 산 능선이나 높은 산에는 곰취가 먹기 좋을 만큼 알맞게 자란다.

　나물이란 야생식물의 먹을 수 있는 부분이나 채소를 조미해 만든 반찬인 동시에 식용이 가능한 야생식물의 재료를 일컫는다. 숙채와 생채의 총칭이지만 일반적으로는 숙채를 의미하며 우리 식생활의 부식 가운데 가장 기본적이고 일반적인 음식이기도 하다. 나물의 이름 앞에 '산'자가 붙은 산나물은 산에서 나는 나물이고, 들나물은 들에서 나는 나물이다.

봄의 산나물은 새싹이라 부드럽고 향기롭다. 산나물은 밭이나 하우스에서 재배하는 채소나 나물과 비교할 때 야생의 어려운 환경에서 살아남기 위한 수단으로 강한 향과 특수 성분을 가진다. 이 강한 향과 특수한 성분이 현대인의 희귀병을 예방하고 치료하기도 한다. 봄이 지나면 식물은 생존을 위한 방어 수단으로 억세지며 쓴맛이 강해지고 일부는 독성을 갖게 된다. 그래서 봄이 지나면 나물을 잘 먹지 않는다.

옛 문헌『조선식품성분연구보고』의 〈산야에 자생하는 식용식물〉 편에서는 "고래로 조선에서는 산야에 자생하는 식용식물을 채소에 준해 나물이라 부르고 대단히 많이 먹고 있다. 특히 농산촌에서는 2월 초순부터 5월 중순까지 약 3개월간은 야초 등을 밥이나 떡에 넣어 먹고 있다"고 쓰고 있다.

한편『증보산림경제』에는 산 야채품으로 비름·고사리·여뀌·쑥 등의 기록이 있으며, 『농가월령가』의 2월에는 들나물·고들빼기·씀바귀·달래, 『농가십이월속시』에는 물쑥·소리쟁이, 『조선요리법』에는 두릅·풋나물 등이 나온다. 또한『조선무쌍신식요리제법』의 〈나물 볶는 법〉 편에는 취나물·순채·산나물·풋나물·죽순·방풍 등이 나타나고 있어 눈길을 끈다.

산나물의 기록은 옛날의 향가나 시조에도 많이 등장한다. 〈전원사시가〉에는 '낱낱이 캐어내어 국 끓이고 나물 무쳐'라는 내용이 있고, 조선시대 문인인 정철은 '산채를 맛들이니 세미를 잊을 노라', '쓴 나물 데운 물이 고기보다 맛이 있네'라는 시를 썼으며 윤선도는 '보리밥 풋나물을 알맞게 먹은 후에' 등의 글을 쓴 기록이 있다.

봄이 오면 몸에 활력을 주는 나물들이 식탁에 자연스럽게 오른다. 일반 가정이나 식당에서 먹는 나물들은 대부분 농가나 대규모 농장에서 재배한 식품이다. 그러나 산나물은 산의 정기를 품은 자연 식물이기 때문에 재배한 나물에 비해 맛과 향이 으뜸일 뿐만 아니라 몸에 좋은 여러 영양소가 많아 완벽한 자연식품이고 농약과 비료를 사용하지 않은 천연 식품이다. 이러한 산나물은 봄에 산 밑 밭두렁이나 계곡 및 능선에서 쉽게 발견하여 채취할 수 있고, 맛있는 산나물 10가지로는 취나물, 냉이, 쑥, 민들레, 씀바귀, 머위, 다래나무순, 두릅, 고사리, 엉겅퀴가 있다.

산에서 쉽게 볼 수 있는 이 10가지 산나물만 확실히 알아도 봄에 산나물을 채취하는 즐거움을 만끽할 수 있다. 산나물을 알고 채취하기 시작하여 3~5년 정도 지난 후 본격적으로 산나물 책을 보며 관찰하다 보면 참나물, 향나물(전호), 망초대, 풀

솜대, 원추리, 삼나물, 명이나물(산마늘), 오가피순, 음나무순, 산뽕잎, 더덕, 삽주, 잔대 등 여러 가지 산나물들을 알게 되고 구별하는 방법도 자연히 터득하게 된다.

취나물

초봄, 바깥은 아직 봄을 시샘하는 눈이 내리고 날씨는 쌀쌀하지만 마트나 백화점 식품 코너에 가 보면 '벌써 봄이구나' 생각할 정도로 싱싱한 산나물을 선보인다. 그 산나물 중 참취는 다른 산나물보다 먼저 밥상을 맛깔스럽게 바꿔놓는다. 향긋한 향이 나고 약간 쌉싸래한 맛이 나는 참취는 겨우내 거칠어진 입맛을 되살려 준다.

참취는 곰취와 더불어 미역취, 단풍취, 수리취 등 여러 종류의 취나물 중에서 단연 으뜸으로 치는 산나물이며 토질이나 기후를 까다롭게 가리지 않고 전국 어디에서나 잘 자란다. 산을 오르다 보면 뿌리에서 연한 녹색을 띠는 새잎이 여러 장 나와서 자라는 참취의 모습이 자주 눈에 띈다.

취나물은 봄부터 여름까지 뿌리에서 계속 새잎이 자라나 산을 뒤덮는다. 특히 키 큰 나무가 우거진 숲속보다 벌채한 곳이나 산불이 난 적이 있어 햇볕이 잘 드는 곳에서 흔히 볼 수 있다. 산에 따라서 참취를 보기 어려운 산도, 많이 나는 산도 있으며 보통 넓은 면적에 군락을 이루며 자생한다.

참취

참취는 국화과에 속하며 속명은 아스터Aster인데, 두상화頭狀
花가 방사상으로 핀 것이 별과 같다는 그리스어에서 유래한다.
흔히 '취나물'이라고 부르며 산나물의 대명사처럼 여겨질 만큼
많이 먹는 산채다. 특유의 쌉쌀한 맛이 강한 자연산 취나물은
단백질, 칼슘, 비타민 등이 풍부한 알칼리성 식품으로 환절기
알레르기와 면역력을 높이는 성분이 있어 성인병 예방에 탁월
한 효과가 있다. 취나물은 한자로 향소香蔬라고 불릴 만큼 향긋
함이 입맛을 당긴다.

4~5월에 어린순을 따서 삶은 뒤 나물로 볶으면 별미이다.
무쳐도 먹고 국거리나 찌개에도 이용하며, 말렸다가 묵나물로

참취와 비슷한 풀잎

가장 많이 이용된다. 참취는 수산蓚酸, oxalic acid을 함유하고 있어 생으로 먹으면 몸속의 칼슘과 결합하여 결석을 유발할 염려가 있어 생으로 먹지 않는다. 그러나 수산은 열에 약하기 때문에 끓는 물에 약간 데치기만 해도 분해가 되어 안전하며 데치면 향이 더 높아져서 나물로 먹기가 좋아진다.

참취나물을 채취할 때 주의하여야 할 사항은 참취와 비슷하고 초보자는 구별하기 어려운 풀들이 있으며 그중엔 동이나물이란 독초도 있다는 점이다. 그래서 방송 등 언론 매체에서 취나물과 비슷한 독초를 잘 구분하여 채취하라고 한다. 참취는 잎 가장자리가 톱니와 같이 뾰족뾰족한 모양을 하고 있으나 비슷한 풀잎은 잎 가장자리가 둥그스름하게 되어 있다. 가장 쉽게 구별하는 방법은 냄새를 맡아보는 방법이다. 취나물류는 잎이나 가지를 꺾어서 냄새를 맡아보면 확실하게 취 향내가 난다. 그러나 풀잎이나 독초는 취 향내가 없고 풀냄새가 난다. 참취인지 아닌지 의심스럽다고 생각하면 잎가지를 꺾어서 냄새를 맡아보면 안다.

한편 곰취는 깊은 산속에 살고 있는 곰이 좋아하는 나물이라는 뜻으로 곰취라는 이름이 붙었다는 설이 있으며 잎 모양이 넓적하게 발바닥처럼 생겼다 하여 곰취라는 설도 있다. 곰취를 된장에 밥과 함께 쌈 싸 먹으면 잎이 식감 있게 씹히며 쌉싸름하면서도 은은하게 입안에 퍼지는 취 향내로 인하여 먹는 맛이 일품이라 산나물의 여왕이라고 부른다.

곰취는 여러해살이로 표고가 높은 산 여기저기 흩어져 자라기 때문에 처음 발견하면 근처 여러 군데를 다니면서 찾아야 채취할 수 있는 산나물이다. 해를 거듭할수록 뿌리가 새끼를 쳐서 늘고 잎이 여러 개 쑥쑥 자란다. 잎이 한두 개가 자라는 1~2년생이지만 여러 개가 자라는 것도 있다.

곰취는 잎 모양이 둥글고 잎 가장자리에 잔 톱니가 세밀하게 많이 있으며 굵은 실 같은 잔뿌리가 여러 개인 모양을 하고 있다. 낙엽이 여러 해 동안 쌓여 흙살이 두껍고 토양 수분이 적당하며 키 큰 나무가 햇볕을 적당히 가려주고 안개비 같은 것이

곰취

자주 내려 공중습도가 높은 북서쪽 산비탈에 잘 자란다. 곰취 잎은 햇볕이 적당히 드는 곳에서 자란 것은 크고 연하지만 햇볕이 많이 들고 토질이 메마른 곳에서 자란 것은 억세다.

산나물은 적당한 시기에 채취해야 먹기가 좋다. 곰취는 3~6월 사이에 새로 올라온 어린잎을 채취하여 나물로 먹는다. 그러나 조금만 시기를 놓치면 잎이 억세고 쓴맛이 강해져 생나물로 먹기가 곤란해진다. 손바닥보다 크게 자란 것은 질겨서 생나물로 먹는 것보다 고기를 싸 먹거나 아니면 장아찌 등으로 요리해 먹는 것이 낫다. 취 잎에는 알칼로이드, 아스코르빈산이 있고 항산화 작용을 하는 비타민C와 베타카로틴이 들어있다. 이런 약효 성분 때문에 항암(폐암, 유방암, 간암, 위암), 항산화 효과, 노화방지, 혈관계 질환에 좋은 것으로 연구 보고되고 있다.

냉이

겨울 추위가 끝나가면서 밭두렁이나 산 밑에 풀이 파릇파릇 솟아나기 시작하면 처음 볼 수 있는 나물이 냉이이다. 겨자과에 속하는 냉이는 한해살이로서 늦가을에 싹을 틔워 겨우내 조금씩 자라다 봄이 되면 빠르게 성장한다. 3월부터 꽃을 피우고 4월이면 씨앗이 영글어 떨어지지만 늦게 자라는 냉이는 6월에야 씨앗을 맺는다. 겨울에 땅이 얼지 않으면 냉이를 캘 수 있으며 보통 3월에서 5월 사이에 뿌리째 캔다.

냉이는 경사진 곳보다는 평탄한 곳을 좋아하여 밭두렁이나 배추 등 잎 넓은 채소가 재배되어 수확이 끝난 빈 밭에 넓게

냉이

퍼져서 자란다. 하지만 처음으로 나물을 캐려고 이른 봄 산 밑
이나 밭 등에서 냉이를 찾으면 십중팔구는 냉이 비슷한 나물
인 '지칭개'를 냉이로 판단하고 캐 와서 먹고 쓴맛에 후회하게
된다. 산나물 캐는 초보자들은 냉이를 구별하기가 어렵기 때
문이다.

냉이와 비슷한 지칭개도 산나물이지만 쓴맛 때문에 일반인
들이 선호하지 않는다. 그러나 지칭개의 쓴맛도 그 향이 독특
하여 맛있게 먹는 사람도 있다.

냉이는 먹는 채소를 뜻하는 남새, 나생이에서 유래하는 아주

지칭개

오래된 우리말 이름으로 나물과 동원어이다. 봄나물 중에서도 첫 번째로 생각나는 냉이는 향긋하고 독특한 맛 때문에 싫어하는 사람이 없을 정도이다. 살짝 데쳐 된장에 버무려 먹는 맛은 일품이다. 된장을 넣어 만드는 냉잇국 또한 많은 사람들이 입맛을 다시게 하는데 뿌리와 함께 넣어야 제맛이 살아난다.

냉이는 단백질과 칼슘, 철분이 풍부하고 비타민A가 많이 들어 있어 봄철 춘곤증을 예방하는 데도 좋다. 또한 간을 튼튼하게 하고 장에도 이롭기 때문에 간경화증과 복막염에도 좋은 효과가 나타나며 양기를 증강시키는 데도 일조를 한다.

쑥

산 들머리에 오르다 보면 아줌마들이 길가에 소복이 솟아난 쑥을 뜯는 것을 자주 본다. 쑥은 볕이 잘 드는 개방된 양지 어디서든 잘 자라서 산길이나 능선 등에 흔히 볼 수 있다. 쑥을 보면 옛날 어릴 적에 어머니가 만들어준 쑥떡이 생각날 정도로 모든 이에게 친숙한 나물이다. 허지만 요즘은 다양한 종류의 채소와 나물들을 마트 등에서 팔고 있음에도 쑥을 파는 데가 없다 보니 젊은 사람이나 아이들은 잘 모르는 나물이 되어버렸다.

국화과Compositae 여러해살이 들풀인 쑥은 줄기잎이 어긋나게 자라며 길이 6~12cm, 나비 4~8cm의 타원형으로서 깃 모양

참쑥

으로 깊게 갈라진다. 갈라진 작은 잎은 2~4쌍인데 긴 타원 모양의 댓잎피침형이고 위로 올라갈수록 잎이 작아지며 갈라진 조각의 수도 줄어 단순한 잎이 된다. 쑥은 일반적으로는 한 번 보면 쉽게 구분되지만 참쑥이나 인진쑥 등 종류가 많고 모양이 각각 달라서 잘 구분이 안 되는 경우도 있다. 다만 쑥을 뜯어서 향을 맡아보면 독특한 쑥향 때문에 쉽게 알 수 있다.

쑥은 빠르게 잘 자라나기 때문에 밭을 경작하다가 방치하게 되면 수년 내에 쑥이 우거져 '쑥대밭'이 되어 버린다. '쑥대밭'이란 말은 잘 사용되던 특정한 형태의 건물이나 구조물 등이 못쓰게 되어버렸다고 하는 의미로 보통 쓰는 용어인데 쑥의 생태적 특성을 잘 보여주는 우리말이다. 쑥은 여러해살이로 땅속

뿌리줄기 마디에서 새순이 '쑥쑥' 돋아나며, 이른 봄날 일제히 '쑥쑥' 돋아나는 형상과 생태 그리고 그 효용성에서 '쑥'이라는 이름의 기원을 찾을 수 있다.

쑥은 이른 봄, 음력 삼월 삼짇날이나 오월 단옷날에 잎을 채취해 여러 가지 귀한 용도로 쓰이는 들풀이다. 삼국유사의 고조선 단군설화에도 나오는 쑥은 동서양을 막론하고 인류에게 오랫동안 약용이나 식용으로 이용된 역사를 가진 향기 나는 허브자원이다. 쑥에는 무기질과 비타민의 함량이 많으며 특히 비타민 A와 C가 많이 들어 있는 건강식품이다.

산이나 들에 다니면서 흔히 볼 수 있는 참쑥은 깊이 갈라진 잎이 어긋나게 자라며 잎 뒷면에 하얀 선모가 덮여있다. 참쑥은 이른 봄 어린 싹을 캐어 쌀가루와 섞어 쑥떡을 해 먹거나 나물로 무쳐 먹는다. 쓰고 떫은맛을 지니고 있으므로 데쳐서 잘 우려내야 한다. 쑥떡을 만들 때에는 쑥을 짤 씻어서 말린 것을 절구로 잘 짓찧은 쌀가루와 고루 섞어 쪄서 만든다. 튀김에는 늦봄의 다 자란 줄기 끝의 쑥잎을 사용한다.

약재로 쓰는 쑥은 예로부터 5월 단오에 채취하여 말린 것이 가장 효과가 크다고 한다. 말린 쑥잎을 애엽艾葉이라 하며, 약으로 쓸 때는 탕으로 하거나 생즙을 내어 사용하며 쑥뜸을 뜰 때도 사용한다. 쑥을 잘 씻어서 물기를 없앤 후 30도 소주에 넣어 술을 담그고 1년 정도 지나 술로 마시기도 한다. 쑥향이 그윽하여 마시고 좋으며 오래 묵힐수록 향이 진해지고 맛이 순해진다. 그러나 남자가 장기간 복용하면 양기가 줄어든다고 전해진다.

민들레

민들레 일편단심이라는 말이 있다. 민들레는 생명력이 강해 겨울에 잎과 줄기는 죽지만 이듬해 다시 살아나는 모습이 마치 밟아도 다시 꿋꿋하게 일어나는 백성과 같다고 하여 민초民草, 일편단심 민들레라고 불린다.

민들레

민들레는 국화과에 속한 여러해살이풀로 우리나라 각처의 산과 들에서 흔히 볼 수 있다. 생육환경은 반그늘이나 양지에서 토양의 비옥도에 관계없이 자란다. 줄기 없이 잎이 뿌리에서 나와 뭉쳐서 옆으로 퍼지며 자란다. 잎은 거꾸로 된 삼각형으로 깊이 패여 들어간 모양이며 길이는 6~15cm, 폭은 1.2~5cm로 가장자리에 톱니가 있고 털이 약간 있다.

꽃은 노란색과 흰색으로 지름이 3~7cm이고, 잎과 같은 길이의 꽃줄기 위에 달린다. 열매는 6~7월경 검은색 종자로 은색 깃털이 붙어있다. 서양 민들레와의 우리나라 토종 민들레의 차이는 꽃 색깔과 꽃받침에서 알 수 있다. 우리나라의 자생 민들레는 꽃이 흰색이고 꽃받침이 그대로 있지만 서양 민들레는 꽃이 노란색이고 꽃받침이 아래로 처져있어 쉽게 구분할 수 있다. 민들레는 뿌리가 굵고 길며 생명력이 강하여 야생에서 잘 자라는 식물이다.

봄부터 여름 사이 꽃이 필 때 민들레를 뿌리째 캐서 물에 씻어 햇볕에 말려 약으로 사용한다. 민들레는 열을 내리고 독을 풀어주며 염증을 제거하고 이뇨작용에 효과가 있다. 민간에서는 꽃, 잎, 줄기, 뿌리 등을 달여서 신경통의 치료약으로 먹는다. 특히 민들레의 쓴맛은 위와 심장을 튼튼하게 하고 위염이나 위궤양 치료에 효과적이라고 알려져 있다. 옛날 민간에서는 젖을 빨리 분비하게 하는 약재로도 사용하였다.

봄철 꽃이 필 때쯤 어린잎과 뿌리를 캐어 나물로 먹는다. 이 때 민들레의 쓴맛을 제거하기 위해서는 소금물에 하루 정도 담가서 조리하거나 소금물에 살짝 데쳐서 먹는다. 또한 민들레의 생잎은 깨끗이 씻어 쌈을 싸 먹거나 생즙을 내어 먹어도 좋다. 민들레의 뿌리는 가을이나 봄에 캐서 된장에 박아두었다가 장아찌나 김치를 담가 만들어 먹는다.

씀바귀

우리에게 익숙한 채소인 상추는 비타민과 무기질이 풍부해 천연 강장제라고 잘 알려져 있다. 상추는 신진대사를 돕고 몸의 긴장을 완화시켜 피로 회복에 좋다. 그런데 산나물 중에서도 이러한 식물이 있다. '맛이 쓴 상추'라 불리는 씀바귀는 여러해살이로 4~9cm 정도 길이의 줄기가 가늘고 바로 서서 자라며, 줄기에는 톱니 형태의 긴 타원형 잎이 있다. 여러 개의 줄기와 잎이 모여 자라는데 크기가 25~50cm 정도이다. 식물체에 상처가 나면 흰 즙乳液이 나며, 여러 해 동안 살아가면서 땅속에 굵은 뿌리가 발달한다.

씀바귀는 들판, 밭, 논두렁 등 어디서나 볼 수 있는 대표적인 봄나물이다. 씀바귀의 어린 싹이 겨울에 난다고 해서 '유동'이라고도 하고, '고채', '씸배나물', '싸랑부리'라고도 한다. 씀바귀는 동의보감에서 '고채苦菜'라 하여 피를 맑게 하고 눈을 밝게 하며 악창을 낫게 하고 몸 안의 열을 내리는 효능이 있다고 한다. 이름에서 알 수 있듯이 독특한 쓴맛은 입맛을 되살아나게 하는 매력이 있다. "이른 봄 씀바귀를 먹으면 그해 여름 더위를 타지 않는다."라는 옛 말이 있을 정도로 씀바귀는 우리의 선조들로부터 약효를 인정받는 나물이다.

입에 쓴 약이 몸에 좋다는 말도 있듯이 씀바귀에는 항산화 효과를 지닌 시나로사이드synaroside, 면역 증진과 항암효과가 뛰어난 알리파틱aliphatics, 면역 증진 물질로 알려진 트리테르페노이드triterpenoids 등의 성분들이 함유되어 있다. 쓴맛을 나타내는 트리테르페노이드triterpenoids는 신체의 면역을 담당하는 T-세포를 증대시켜 체내의 면역세포가 암세포를 죽이는 효능을 발휘하도록 유도한다. 즉 인체의 면역력을 증진시켜 질병에 대

씀바귀

한 치유력을 높이는 작용을 하는 것이다.

뛰어난 항산화 작용으로 암을 예방하기 위해 먹는 비타민E 성분의 토코페롤과 비교해도 씀바귀의 항산화 효과는 무려 14배나 뛰어나다고 한다. 일반적으로 유해한 박테리아는 파상풍, 콜레라, 결핵 등을 일으킬 수도 있는 세균이다. 그런데 씀바귀에는 이런 박테리아를 없애는 놀라운 효과가 있는 것으로 알려져 있다. 그래서 씀바귀는 위장을 튼튼하게 하고 소화기능을 도와 봄철에 나른한 몸을 보양하는 데 큰 도움을 주는 특별한 건강식품이다.

씀바귀는 쓴맛 때문에 주로 데쳐서 나물로 먹는데, 씀바귀의 쓴맛을 만드는 알리파틱 성분과 시나로사이드는 열이나 빛에 비교적 안정하기 때문에 쓴맛 제거를 위해 가열하여도 쉽게

고들빼기

제거하기 어렵다. 오히려 씀바귀에 있는 비타민 성분들이 열에 약하므로 조리 전에 끓는 소금물에 살짝 데친 다음 찬물에 담가 쓴맛을 우려내면 비타민 성분의 손실도 줄이고 쓴맛도 감소시킬 수 있다.

씀바귀와 비슷한 것으로 고들빼기라는 것이 있는데 많은 사람들이 고들빼기와 씀바귀를 혼동한다. 고들빼기도 산나물의 일종으로 맛이 매우 쓴데 무더운 여름날 특유의 쓴맛이 입맛을 돋우어 준다. 씀바귀는 잎이 길고 타원형인데 고들빼기는 잎이 넓고 잎 중간이 깊이 패여있어 구별할 수 있다. 영양가 측면에서 씀바귀가 고들빼기보다 훨씬 고급 산나물로 취급되고 있다.

머위

산을 오르다가 중턱쯤에서 산을 바라다보고 좀 쉬고 싶은 생각이 날 때쯤 산속의 절이 보인다. 절 구경도 하고 쉬고 싶은 마음이 들어 발걸음을 절을 향해 옮기다 보면 절 돌담 주변에 소복하게 자라난 머위를 볼 수 있다. 오랜 세월이 흘렀음을 보여주고 있는 석축이나 이끼 낀 돌담 주위에는 대개 머위가 자라고 있다. 아마도 채식을 하는 스님과 불자들 때문에 절 주변에 머위를 많이 심었던 것 같다.

머위는 본래 산지의 습기 있는 곳에서 자라는 산나물이다. 그런데 요즘에는 산보다 논·밭둑이나 집 근처에서 자주 눈에 띈다. 토질과 기후를 까다롭게 가리지 않는데다 손바닥만 한 땅에서도 잘 자라므로 재배 면적이 늘고 있기 때문이다.

 머위는 사계절 싱싱한 채로 먹을 수 있는 게 장점이나 잎이 쓴맛이 나기 때문에 끓는 물에 데치면 쓴맛이 빠져서 쌈밥 재료 등으로 이용할 수 있다. 머위를 나물로 먹는 다양한 요리법이 전해지고 있는데 삶아 아린 맛을 우려낸 다음 쌈을 싸 먹거나 무쳐 먹는다. 잎은 쓴맛이 강해 이른 봄에 나는 여린 것만 먹을 수 있다. 주로 먹는 잎줄기는 살짝 데치면 랩같이 얇은 껍질이 잘 벗겨져 쌈으로 먹기 좋으며 된장 무침, 조림 등으로 다양하게 이용할 수 있다.

머위

머위는 알칼리성 식품으로 100g당 칼로리는 27kcal에 불과하지만 탄수화물 5.5g, 단백질 3.5g, 회분 1.7g, 섬유소 1.2g으로 다른 채소에 비해 섬유소가 풍부하다. 이외에 칼륨 550mg, 칼슘 88mg, 인 68mg, 나트륨 18mg, 철 2.6mg, 비타민A의 레티놀 754㎍, 베타카로틴 4,522㎍, 비타민C 28㎍, 나이아신 1.5mg 등이 포함되어 있다. 이러한 머위의 성분은 특출하게 영양가가 높은 것은 아니지만 칼슘·인·아스코르빈산 등 무기 염류가 많아서 특히 봄에 먹으면 몸이 나른하고 늘어지는 것을 예방하는 데 도움이 된다. 꽃봉오리에는 쓴맛을 내는 페차시딘·이소페타시틴·쿠에르세틴·캠페롤이, 잎에는 플라보노이드·트리테르펜·사포닌 등의 성분이 있다.

나물로 즐겨 먹는 머위 잎자루는 길이 40~65cm, 굵기 1cm 정도로 녹색 또는 연한 자주색을 띤다. 꽃이 먼저 피는데 화려하지도 않고 꽃다운 자태도 없거니와 땅에 바짝 붙어서 핀다. 꽃이 가득 피어서 한 덩어리를 이루면 꽃인지 잎인지 구분이 잘 안 되지만 분명히 꽃이다. 꽃이 질 무렵이면 꽃자루는 듬성듬성 나기 시작하여 이내 마구 올라와 주변 땅을 덮고 무릎 높이까지 잘 자란다.

머위가 꽃을 피우면 꽃송이를 따서 술을 담그거나 찹쌀을 묻혀 튀겨 먹어도 좋고 된장에 묻어 두었다가 먹어도 맛있다. 차로 끓여 마시기도 하는데 물에 살짝 헹구고 70% 정도 말린 뒤

30~40초 살짝 쪄서 3~7일간 말린다. 말린 꽃봉오리 7~8송이를 거름망이 있는 찻잔에 담고 80~90℃ 뜨거운 물을 부어 1~2분간 우려내 마시면 향이 오묘하고 맛이 부드럽다.

머위는 예부터 나물보다 약재로 먼저 이용됐으며 약명으로 봉두채蜂斗菜, 봉두근蜂斗根, 사두초蛇頭草 등으로 불렸다. 주로 뿌리줄기가 생약으로 쓰였는데 해독을 비롯해 부은 종기나 상처 치료, 통증 멈춤 효과 등이 있는 것으로 알려져 있다. 또한 머위 꽃을 관동款冬이라 하여 현기증, 기관지 천식, 인후염, 편도선염, 축농증, 진통, 다래끼 또는 벌레나 뱀에 물린 상처를 치료하는 약재로 사용했다고 한다.

고사리

고사리에 얽힌 유명한 이야기로 중국의 춘추시대에 백이伯夷·숙제叔齊라는 현인이 주나라 곡식을 먹지 않는 것이 의로운 일이라 여기고 수양산에 숨어 지내며 고사리를 먹고 살았다는 이야기가 있다.

고사리는 고사리속Pteridium에 속한 양치류의 총칭으로서 전세계적으로 가장 널리 퍼져있는데 고생대 때부터 살아온 다년생 식물이다. 4~5월경 산을 타고 올라가다 보면 능선 길가나 숲속 볕이 잘 드는 장소에 20~80cm 길이로 군락을 이루며 자란다.

어린잎이 돋아나 꼬불꼬불하게 말리고 흰 솜털과 같은 털에 싸여 있으며 잎자루가 길고 곧게 선다. 약간 굵고 기다란 잎자루가 위로 올라가며 가느다란 줄기 끝에 보통 세 가닥의 겹잎이 말려 어린이 주먹 같은 형태로 보이기 때문에 일반 풀잎과 쉽게 구별할 수 있다. 잎이 말려 있는 어린잎의 줄기 밑동을 따서 먹는다. 고사리는 빨리 자라는 편인데 다 자라서 잎이 삼각형으로 넓게 펴지면 먹지 않게 된다.

우리나라에서는 예로부터 고사리를 나물로 많이 먹었고 제사음식에도 빠질 수 없는 존재가 되어 있다. 고사리는 섬유질이 많고 카로틴과 비타민C를 약간 함유하고 있다. 또한 비타민B2가 날것 100g에 0.3mg 정도 함유되어 있다. 뿌리줄기는 궐근이라 하며 식용·약용으로 이용되는데 뿌리 100g에는 칼슘이 592mg이나 함유되어 있어서 칼슘을 보충할 수 있는 좋은 산채라 할 수 있다.

고사리 잎에는 비타민B1 분해효소(티아미나아제)가 있어서 날것을 먹으면 비타민B1이 파괴되므로 살짝 데쳐서 오랜 시간 물에 담가 우려내면 비타민B1 분해효소가 파괴되고 쓴맛도 빠져나온다. 『본초강목』에서도 어린 고사리를 회탕灰湯으로 삶아 물을 버리고 햇볕에 말려 나물을 만든다고 하였다.

고사리

씹을수록 고소한 맛이 나는 고사리나물은 다음과 같은 방법으로 만든다. 적당한 양의 고사리를 끓는 물에 넣고 데친다. 삶은 고사리를 체에 밭쳐 찬물에 헹군 후 물기를 꼭 짜고 억센 줄기를 제거해 적당한 길이로 썬다. 여기에 갖은양념을 넣고 조물조물 무친다. 프라이팬에 식용유를 두르고 고사리를 넣어 볶은 후에 깨소금을 골고루 뿌려서 그릇에 담아 먹는다.

두릅

두릅은 두릅나무순이라고도 하는데 가시가 많이 있는 두릅나무 가지 끝에 머리처럼 달려있는 어린순이다. 두릅나무과 Araliaceae에 속하는 두릅나무는 산속 양지바른 숲가나 산기슭, 골짜기에 작은 군락을 이루며 자란다. 쌉싸래한 두릅 특유의 향과 맛이 나는 두릅나물은 여러 가지 산나물 중에서도 가장 인기가 있어 산나물의 왕이라 부를 정도로 봄 되면 가장 먼저 사람들의 입맛을 사로잡는다. 두릅나물이 이렇게 인기가 있는 것은 해마다 그 맛을 잊지 않고 찾는 사람이 많기 때문이다.

두릅나물을 채취하기 위해서는 채취시기를 잘 알아야 하고 또 발품을 들여야 한다. 두릅나무는 표고 100~1,600m 높이의 산에 자라므로 온 산을 헤집고 다녀야 먹을 만큼 채취할 수 있다. 이렇게 두릅나무를 찾다 두릅나무 군락지를 발견하는 경우는 행운이다.

그래서 아무리 친한 사이라 해도 두릅나무가 자라는 곳을 잘 가르쳐주지 않는다. 알고 있는 군락지를 다른 사람이 먼저 채취하고 나면 그 뒤에 찾아간 사람은 허탕을 치기 때문에 두릅나무가 자라는 산을 함부로 발설하지 않는 것이 산나물꾼들 사이에 불문율처럼 돼있다. 자신만이 알고 있는 깊은 산속의 두릅 군락지가 몇 군데 있어야 봄 한철 산두릅 맛을 즐길 수 있다.

산을 오르다 깊은 산속 양지바른 숲속을 유심히 살펴보면 두릅나무가 눈에 띈다. 새순은 나뭇가지 끝에 달리는 데다 같은 나무라 해도 한꺼번에 올라오지 않고 순차적으로 나기 때문에 한 그루에서 채취할 수 있는 양은 그다지 많지 않다. 나무 전체에 가시가 촘촘히 나있어 새순을 따다 보면 가시에 찔리기도 쉽다.

봄철 첫 두릅 순

봄철 두 번째 두릅 순

두릅은 우리나라 중부 이북 지방의 깊은 산에서 많이 난다. 자갈같이 잔돌이 많아 물 빠짐이 좋은 약간 비탈진 곳에서 잘 자란다. 평평한 땅보다 약간 비탈진 곳을 좋아하는 것은 물 빠짐이 좋은 토질을 좋아하는 특성 때문으로 짐작된다. 수령이 4년 이상 되어야 새순이 많이 난다. 산에서 자라지만 아주 높은 산에서는 자라지 않는다. 하지만 너무 낮은 산에서 자라는 두릅 새순은 품질이 떨어지며 나무의 경우는 잘 말라죽는다.

두릅은 봄부터 초여름까지 새순이 나오는데 보통 4월 중순에서 5월 초까지 나뭇가지에 한두 개의 새순이 나오고 그 이후는 두릅 순이 크고 쉬어져서 일반적으로 먹지를 않는다. 두릅 나무에 첫 번째로 나는 새순은 몸통이 굵고 잎이 작아서 매우 부드럽다. 이것을 따고 난 후에도 두 번째로 새순이 나오는데 향과 맛은 좋으나 조금 억세므로 껍질을 벗겨서 데쳐 먹는 것이 좋다.

두릅이 나겠다 싶어 달려가 보면 아직 새순이 나오지 않았고, 어찌하다 좀 늦으면 맛 좋은 맏물은 누가 먼저 채취한 바람에 흔적조차 없이 가지 위에 따간 자국만 보게 된다. 높은 산이냐 낮은 산이냐에 따라 적절한 채취시기가 약간 달라질 수 있다. 그래서 두릅은 웬만큼 부지런하지 않고서는 맛볼 수 없는 귀한 산나물이다.

두릅은 끓는 물에 살짝 데치면 연녹색이 더욱 산뜻하게 보기가 좋아 접시에 올려놓으면 눈맛까지 더하는 매력이 있다. 초고추장에 살짝 찍어서 입에 넣으면 씹히는 맛과 향이 여느 산나물과는 다른 느낌이 있어 한 번 맛보면 해마다 잊지 않고 찾게 된다. 특히 산에서 채취한 두릅은 두릅 농장이나 밭에서 대량으로 재배한 두릅과는 확실하게 구분될 정도로 향이 진하고 맛도 특별하다.

두릅은 단백질, 칼슘, 비타민C가 풍부하다. 해열, 강장, 건우, 이뇨, 진통, 거담 등의 효능도 있다. 두릅은 일반적으로 살짝 데쳐서 숙회 또는 나물로 먹는데 장아찌로 만들어 먹어도 향과 맛이 매우 독특하여 밥반찬으로 애용한다.

요즘 산을 좋아하는 사람들이 늘어나면서 두릅을 채취하는 사람이 많아졌다. 그러다 보니 새순이 올라오기도 전에 채취하기도 하고 심지어는 키가 닿지 않으니까 나무를 톱으로 자르고 새순을 채취하는 사람도 있어 두릅나무가 줄어들고 있다. 두릅나무를 잘 보존하기 위해서는 나무를 톱으로 자르는 몰상식한 짓은 하지 말아야 하며 아주 작은 새순은 나무가 잘 자라게끔 따지 않는 미덕도 갖추어야 한다.

다래나무 순

다래나무(다래넝쿨)는 다년생 나무로 산의 음지 계곡 주변에 넝쿨 형태로 자란다. 다래나무 가지에 나는 잎을 다래나무 순이라고 부르는데 약간 기다랗고 부채 같은 조그만 잎이 나뭇가지에서 6~12cm 정도의 간격, 3~8cm 길이로 대여섯 개가 1장씩 어긋나게 포개져서 자란다. 잎 앞면은 윤기가 있고 잎 가장자리에는 바늘 같은 톱니가 있다. 4~5월에 잎이 무성하게 자라며 이때 부드러운 잎순을 따서 나물로 먹는다.

꽃은 5월에 마주 보듯이 갈라진 꽃대 끝에 연갈색 빛이 도는 흰색으로 핀다. 다래나무 열매는 머루와 함께 대표적인 야생과일로서 9~10월에 손가락 굵기 정도의 둥근 열매가 나며 빛깔은 푸르고 단맛이 강하다. 열매는 바로 먹기도 하지만 술로 담가서 먹기도 한다.

다래나무 순은 나무의 높이가 낮아 따기 쉽고 나무 하나에서

다래나무 순

다량으로 채취할 수 있어 매우 인기 있는 산나물이다. 봄에 다래나무 어린잎을 삶아서 나물로 먹는데 연하면서도 달고 향긋한 맛있는 산나물이라 봄철 입맛을 살린다. 어린잎에 소금을 좀 넣고 살짝 데쳐서 찬물에 서너 번 헹군 후 물기를 짜서 뺀 다음 갖은양념을 넣어서 무쳐 먹는다.

다래나무 순 나물을 한번이라도 먹어본 사람들은 그 맛을 쉽게 잊지 못한다. 또한 삶아서 말려두고 묵나물로도 먹는다. 바짝 마른 다래 순을 다시 살짝 삶아 물에 불려서 몇 번 헹구어 물기를 쪽 짜낸 다음 양념을 넣고 팬을 달구어 기름에 볶아내면 향기가 그대로 살아 있어 봄철에 먹는 것과 같은 맛과 향이 난다.

잎과 줄기에는 비타민과 유기산, 당분, 단백질, 인, 나트륨, 칼륨, 마그네슘, 칼슘, 철분, 카로틴, 사포닌 등이 풍부하고, 비타민C가 풍부하여 항암식품으로 인정받고 있다. 여러 가지 약리작용을 하는 성분이 있어 피로를 풀어주고, 열을 내리고 갈증을 멈추게 하며 이뇨작용도 한다. 만성간염이나 간경화증으로 황달이 나타날 때, 구토가 나거나 소화불량일 때도 좋다. 특히 위암을 예방하고 개선하는 데 효과가 있다.

엉겅퀴
산 입구의 길이나 햇볕이 잘 드는 들판에 흔하게 볼 수 있는 여러해살이풀이다. 줄기는 곧추서며 높이 50~100cm다. 처음에 줄기 아래쪽에 털이 나지만 없어지고, 위쪽에 거미줄 같은 털이 난다. 뿌리잎은 모여서 나며, 줄기잎은 길이 15~30cm, 폭 4~8cm로서 어긋나게 긴 타원형이며 깃꼴로 깊게 갈라진다. 잎 가장자리에 난 가시의 길이는 1~4mm 정도이다. 꽃은 6~8월에 피는데 지름 2.5~3.5cm 크기로 줄기와 가지 끝에 피며 붉은 보라색 또는 드물게 흰색이다.

엉겅퀴는 대략 15종류가 있는데 잎이 좁고 녹색이며 가시가 다소 많은 좁은잎엉겅퀴, 잎이 다닥다닥 달리고 보다 가시가 많은 가시엉겅퀴, 흰 꽃이 피는 흰가시엉겅퀴 등이 있다. 엉겅퀴의 줄기와 잎에 난 가시는 동물로부터 줄기와 잎을 보호하기 위한 것이다.

엉겅퀴에는 플라보노이드, 정유, 알칼로이드, 수지, 이눌린과 피를 맑게 하는 베타아말린 등의 성분이 있어 고혈압, 간경화, 당뇨병, 항암, 혈액순환 등에 현저한 효과가 있다. 또한 실리마린은 간세포의 회복과 신진대사를 촉진시켜주고 독성으로부터 간세포를 보호해 주는 성분이 있어 약용으로도 이용된다. 어린잎은 나물로 먹고 성숙한 뿌리는 약용으로 사용하며 술로도 담근다.

3~4월에 가시 있는 어린잎을 뜯어서 나물로 먹는데 잎을 뜯으면 하얀 점액질이 나온다. 엉겅퀴는 가시가 있는 거친 모양

엉겅퀴

과는 달리 독특한 향과 씹는 질감이 좋아서 봄나물로 아주 좋지만 떫은맛이 있어 잘 우려내야 한다. 어린잎을 살짝 데쳐서 숙회로 먹거나 나물로 무쳐 먹기도 하고 말려서 묵나물로도 먹는다. 간장과 식초 등으로 절여서 장아찌를 만들기도 한다. 엉겅퀴에 들어있는 플라보노이드라는 성분이 지방간을 개선시키고 알코올을 분해해 주는 기능이 있으니 술자리가 잦은 분들은 엉겅퀴 나물을 먹는 것이 좋다.

숲속의 요정 '버섯'

    한여름이 시작되는 7월에 산에 오르다 보면 숲속의 요정이라고 불리는 다양한 형태와 색깔의 버섯을 볼 수가 있다. 특히 비 온 뒤에 산행길 주변을 관찰해 보면 아름드리나무의 그루터기에 버섯이 돋아있으며 낙엽더미 사이에도 버섯들이 불쑥불쑥 돋아있다. 등산객 일부는 발로 툭 차거나 지팡이로 건드려 보고 지나기도 하고 일부는 모양이 예쁘고 아름다워서 따서 유심히 관찰하다 버리기도 한다. 이러한 등산객들의 행태를 쉽게 볼 수 있는데, 이는 방송 등 언론 매체에서 여름만 되면 산에서 함부로 버섯을 채취하여 먹지 말라고 독버섯의 위험성에 대해 주의를 환기시키기 때문이다.

    버섯은 약 1억 3천만 년 전 공룡과 암모나이트가 번성했던 중생대 백악기 초기에 출현한 것으로 추정하고 있다. 버섯은 언뜻 식물처럼 보이지만 엽록소를 가지고 있지 않아 영양분을 스스로 만들지 못하니 식물이라 할 수 없다. 식물이 만들어놓은 영양분을 먹고 살지만 움직이지 않으니 동물로 분류할 수도 없다. 식물도 아니고 동물도 아닌 중간에 있는 제3의 생명체가 균류菌類인데 버섯은 균류에 속한다.

　버섯은 우산 모양의 갓 한 개와 자루(대)로 이루어진 자실체子實體가 뚜렷한 균류이다. 갓의 밑면에는 얇은 잎 같은 주름살이 있으며, 여기에서 포자가 방출된다. 자실체는 땅속에서 그물처럼 얽혀 있는 실 모양의 균사체 덩어리에서 나온다. 버섯은 자신의 생명을 유지하기 위하여 식물이나 동물의 사체를 분해하여 영양분을 섭취하고 이산화탄소와 물을 생성하기 때문에 자연 생태계를 환원시키는 귀중한 역할을 하고 있다.

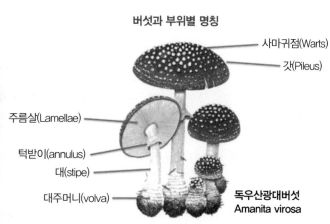

버섯과 부위별 명칭

사마귀점(Warts)

갓(Pileus)

주름살(Lamellae)

턱받이(annulus)

대(stipe)

대주머니(volva)

독우산광대버섯
Amanita virosa

생태계에서 버섯의 역할에 대해 조덕현 씨가 저술한『조덕현의 재미있는 독버섯 이야기』에서는 버섯의 역할에 대해 다음과 같이 기술하고 있다.

"생태계의 분해자로서 버섯이 유기물을 자연으로 돌려놓는 환원자로서의 기능을 한다는 사실은 잘 알려져 있다. 그 기능을 세분하면 세 가지로 나눌 수 있다. 첫째, 물생활 방식은 기생 형태를 띤다. 스스로 영양을 만들지 못하고 다른 생물들이 만들어 놓은 영양에 전적으로 의지하는 것이다. 둘째, 물질을 썩히기는 하는데 주로 나무나 풀을 썩히는 부생의 역할을 하고 있다. 식물의 셀룰로오스 등을 썩혀서 그 영양분으로 살아가는 것이다. 셋째, 다른 식물과 공생을 한다. 예를 들면 송이버섯 균사는 살아있는 소나무의 실뿌리에 균근이라는 것을 만들어서 소나무가 흡수하기 힘든 물을 제공하고, 광합성을 통해 생성된 포도당을 소나무에게서 제공받음으로써 서로 돕는 관계를 유지한다."

버섯은 상업적 쓰임새와 인간에게 유익한 정도에 따라 식용버섯, 약용버섯으로 구분하고, 나머지는 별 볼 일 없는 야생버섯인데 이 중에는 독버섯도 포함된다. 국내에 자생하는 버섯류는 약 1,500여 종이다. 이 중 식용, 약용 가능한 버섯은 350여 종이나 재배되는 버섯은 30여 종에 불과하며 독버섯은 약 90

여 종이다.

식용버섯으로 대표적인 것은 느타리, 표고, 팽이처럼 재배종이 있고 송이, 싸리, 능이버섯 등 재배가 어려운 자연채취종이 있다. 약용버섯은 면역증진, 종양억제, 치매방지, 혈압 및 혈당조절 등의 기능성 성분을 지닌 버섯으로 영지, 상황, 차가버섯등이 대표적이다. 독버섯은 호흡곤란, 마비, 장기손상을 일으키는 독성성분이 있고, 해독제도 없는 경우가 많아 위험한데 대표적으로 광대버섯류가 있으며 가장 맹독성을 가진 버섯이다.

산에서 채취하는 버섯은 너무 위험하다는 인식 때문에 나물을 캐도 버섯은 도외시하는 경향이 있다. 그러나 버섯에 대해서 버섯 도감을 보고 조금만 공부하여 식용버섯과 약용버섯 및 일반적인 독버섯을 알게 되면 정말 여름 한철 산에서 귀중한 보물을 얻게 되는 것이다. 버섯을 알고 싶은 등산인들은 엄청 많은 버섯 종류를 전부 알려고 하지 말고 10개 이내의 버섯만 확실히 아는 것이 독버섯의 위험성에서 벗어나는 방법이 될 것이다.

식용버섯으로 유명한 송이버섯, 느타리, 표고버섯 등은 산에서 발견하기가 쉽지 않고 아주 귀한 버섯이다. 특히 많은 사람들이 즐겨 먹는 송이나 표고버섯은 특별한 지역에서만 생산되기 때문에 자생지를 모두들 비밀로 하여 일반인들이 채취하기가 어렵다. 그렇기 때문에 이런 좋은 버섯보다는 쉽게 만날 수 있고 식용이나 약용으로도 좋은 버섯 몇 종류만 확실히 알고 채취하는 것이 바람직하다.

산행 중 쉽게 만날 수 있는 식용버섯으로는 덕다리버섯, 그물버섯, 붉은비단그물버섯, 팽나무버섯(팽이버섯), 접시껄껄이그물버섯, 자주색끈적버섯이 있고, 약용버섯으로는 구름버섯(운지버섯), 장수버섯, 영지버섯(불로초), 잔나비걸상버섯(잔나비걸상 불로초), 말굽버섯이 있다. 이러한 식용버섯 5종류와 약용버섯 5종류만 확실히 알고 채취한다면 진정으로 산속의 요정을 만나는 즐거움을 갖게 될 것이다.

처음 1~3년간은 버섯을 공부하기 위하여 두꺼운 버섯 도감과 휴대할 수 있는 버섯 관련 핸드북을 구입하여 위에 언급한 10가지 버섯을 눈으로 인식하도록 버섯 사진과 설명을 숙지한다. 산행을 할 때는 휴대용 버섯 핸드북을 갖고 다니거나 휴대폰에 10종류의 주요 버섯 사진을 담아서 수시로 확인할 수 있도록 준비하여야 한다. 그리고 산행 중에 만나는 버섯을 잘 관찰한 후에 위의 10가지 버섯에 해당된다고 판단되면 휴대폰으로 채취 전 사진과 채취 후 뒷면의 사진을 찍은 다음에 버섯 보관 용기 등에 잘 넣어서 배낭에 넣어 갖고 간다.

채취한 버섯 중에서 일부 식용버섯은 몇 시간 지나면 모양과 색깔이 변하는 경우가 많으므로 채취하기 전에 미리 찍어놓은 사진과 버섯 도감을 대조하여 다시 한번 확인한 후에 식용으로 요리하여 먹거나 약용으로 사용토록 하는 것이 매우 중요하다.

버섯은 같은 종류의 버섯이라도 구분하기가 매우 어려운 경우가 있는데 확실히 구분이 안 되는 버섯은 미련 없이 버리는 것이 좋다.

2~3년 정도 버섯도감을 보고 식용버섯, 약용버섯과 독버섯 등을 숙지하고 또 산에서 여러 종류의 버섯을 관찰하다 보면 버섯에 대한 지식과 경험이 늘어나면서 버섯에 대한 공포도 없어지게 된다. 이렇게 숲속의 요정과 친하게 되면 진정으로 산에서 자연이 주는 선물을 통해 등산의 즐거움이 두 배 이상이 된다.

느타리버섯

느타리과에 속하는 버섯으로 늦가을 10~12월, 봄철 3~4월경에 활엽수나 침엽수의 넘어진 나무줄기, 잘라낸 밑둥치 등에 많이 몰려있으며 기왓장을 쌓은 것처럼 겹쳐서 무더기로 돋는다. 자실체의 버섯 갓은 회백색 또는 연한 회갈색으로 반 둥근 모양, 콩팥 모양 또는 조가비 모양, 혹은 부채 모양이다. 처음엔 변두리가 안쪽으로 말리고 후에 펴지며 반원 또는 부채꼴을 이룬다. 지름은 5~15cm이며 버섯대는 흰색으로 길이 1~4cm, 직경 1~2cm이다. 버섯대가 여러 개로 나누어 밑동에 한데 붙어서 자란다.

우리나라에서 표고, 양송이와 함께 가장 선호하는 식용버섯

느타리버섯

으로 다양한 인공 재배 방법이 개발되었다. 여러 개 버섯이 안쪽으로 구부러지며 때로는 약간 찢어지는데 전체적으로 탄력이 있다. 살은 희고 두꺼우며 껍질 밑은 재색을 띤다.

느타리버섯은 아니스 향기가 있으며 삶으면 부드러워져 씹을 때 촉감이 좋아지기 때문에 국거리로 쓰거나 삶아서 나물로 먹기도 하고 부침개 등 여러 가지 방법의 조리법이 있다.

덕다리버섯

잔나비과에 속하는 덕다리버섯은 버섯대가 없고 버섯갓만 침엽수·활엽수의 생목 또는 고목의 그루터기 등에 붙어서 발생한다. 버섯갓은 부채꼴 또는 반원형으로 생겼다. 하나하나의 버섯갓은 너비 5~20cm, 두께 1~2cm이다. 버섯갓 표면은 연

덕다리버섯

주황색이며 뒷면은 선명한 노란색으로 이러한 버섯갓이 여러 개 중첩되어 30cm 내외의 버섯덩어리가 된다.

어렸을 때는 육질肉質로 살에 탄력이 있으며 이때 채취하여 식용하는데 닭고기와 같은 맛이 난다고 하여 외국에서는 닭고 기버섯이라고 하며 북한에서는 살조개버섯이라 한다. 버섯이 크게 자라면 색깔이 흰색을 띠는 엷은 황색이 되며 부서지기 쉽게 굳어지는데 이때는 식용하지 않는다.

그물버섯

비가 많이 오고난 후 가을철이 되면 산기슭 숲속에 엄청 큰 버섯을 발견하게 되는데 이 버섯이 그물버섯이다. 갓의 지름이 6~20cm로 처음에는 구형이나 자라면서 반구형을 거쳐 편평하게 되며 대는 지름이 1.5~5cm로 곤봉같이 굵다. 표면 색깔은 담황색 또는 담갈색이고 버섯을 뒤집어 보면 관공은 미세하고 담록황색이다. 유럽에서는 최고급 버섯으로 애용하는 식용버섯이다.

그물버섯

붉은비단그물버섯

여름과 가을철 침엽수림 내에서 단생 또는 군생으로 자란다. 갓의 지름이 3~12cm로 처음에는 반구형이나 자라면서 편평하게 된다. 지름이 0.6~2cm이며 표면 색깔은 적색이나 후에 갈색으로 변하면서 표면 위에 곰보 같은 인편이 생긴다. 버섯을 뒤집어 보면 관공은 크고 방사선으로 배열되어 있으며 황색 또는 황갈색이고 상처가 나면 갈색으로 변한다. 그물버섯과에 속하는 버섯은 대부분 식용 버섯이며 대표적인 것이 황금그물버섯, 껄껄이그물버섯, 접시껄껄이그물버섯, 젖비단그물버섯, 마른산그물버섯, 산그물버섯, 노란분말그물버섯 등이 있다.

붉은비단그물버섯

운지버섯

운지雲芝버섯은 구멍장이버섯과에 속하며 거의 모든 산에서 흔하게 볼 수 있는 독성이 없는 버섯으로 구름같이 생겼다 해서 구름버섯이라고도 한다. 버섯의 색깔은 흑색에서 남흑색이고 버섯 표면에 반달 같은 고리(구름)무늬는 회색, 황갈색, 암갈색, 흑갈색, 흑색 등이 존재한다. 표면에는 짧은 털이 빽빽하게 있어 만지며 부드럽다. 봄부터 가을에 걸쳐 침엽수, 활엽수의 고목 또는 그루터기 등에 수십 내지 수백 개가 중첩되어 자란다.

운지버섯은 항종양, 항염증 기능이 높아 B형간염, 천연성 간염, 만성활동성 간염, 만성 기관지염, 간암, 소화기계 암, 유방암, 폐암 등에 좋다. 또한, 운지에는 6대 영양소 중 '베타글루칸'이라는 성분이 들어있는데 이것은 열을 가해도 파괴되지 않는다고 한다. 노화억제에 효능이 있으며, 천연 항암제 역할도 한다. 일반인들은 운지버섯을 잘 모르고 있지만 이미 항암효과가 입증되어 운지버섯 성분을 활용한 항종양제인 'Krestin PSK'이 등장한 바 있다. 운지의 다당체인 PSK가 대식세포활성화 등의 작용을 통해 인체면역력을 증가시킨다. 국내에서도 이미 운지버섯으로 마시는 음료수를 개발하여 시중에 팔고 있다.

운지는 늦가을에 채취하는 것이 약효가 더 좋다. 버섯을 채취하여 잘 씻어서 햇볕에 말렸다가 0.5~1리터 정도의 물에 운지 갓 10~20개 정도와 대추 등을 함께 물로 달여서 보리차처럼 음용하면 좋다. 일반적으로 버섯은 장기간 복용해야 큰 효과를 볼 수 있어 적당량을 꾸준히 복용하는 것이 좋다. 또한 운지를 달이는 데 있어, 한 번만 사용하고 버릴 것이 아니라 두 번 정도 우려내서 복용하는 것이 적당하다.

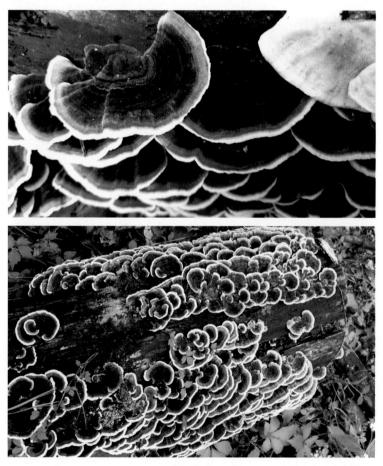

운지버섯

영지버섯

약용버섯 중에서 첫 번째로 치는 것이 영지버섯인데 불로초라고도 한다. 1년생 버섯으로 여름에서 가을에 걸쳐 활엽수 뿌리 밑동이나 그루터기에서 주로 자란다. 버섯갓은 반원의 콩팥 모양이며 편평하고 동심형의 고리 모양 홈이 있다. 갓의 지름은 5~15cm, 두께가 1~1.5cm이고 버섯대는 3~15cm 정도인데 갓과 자루의 표면에 옻칠을 한 것과 같은 광택이 있어 식별이 쉽다. 처음 솟아날 때는 갓 끝이 흰색에 밝은 노란빛을 띠다가 커지면서 누런 갈색 또는 붉은 갈색으로 변하고 늙으면 밤갈색으로 변한다. 갓살 전면이 가죽 같은 각피로 덮여있으며 조직은 코르크질인데 채취하여 말리면 아주 딱딱하게 굳어진다.

영지버섯의 대표적인 효능으로 항암 작용을 꼽는데 이는 영지버섯에 함유되어 있는 다당체인 베타글루칸의 효능이 크다. 또한 영지버섯은 체내 활성산소를 억제시켜 암세포의 전이 및 증식을 방지하고, 세포의 노화를 방지하여 각종 암 예방에 효과적이다. 영지버섯을 달인 물을 주기적으로 꾸준히 섭취하면 각종 암 예방뿐만 아니라 건강한 노후 대비에도 좋을 것이다.

영지버섯의 두 번째 효능은 뇌의 각종 염증과 손상으로 인해 발생하는 기억력 상실을 막고 세포의 노화를 억제하여 뇌 건강에 도움을 주는 것이다. 영지버섯은 혈액 순환을 원활히 하고, 뇌세포에 자극을 주어 뇌세포를 활성화한다. 이를 통해 인지능

영지버섯

력 향상, 기억력 개선, 건망증 완화, 치매 및 호흡기 질한 예방
에 도움을 준다.

영지버섯의 세 번째 효능은 뛰어난 해독작용이다. 간에 쌓여
있는 각종 노폐물과 독성 물질을 해독시켜 체외로 배출하며 간
기능을 활성화할 뿐만 아니라 강화시킨다. 특히 영지버섯을 꾸
준히 섭취하면 심근경색, 동맥경화, 심장마비, 고지혈증, 뇌졸
중 등 각종 심혈관질환 예방에 효과적이다. 또한 영지버섯은
대표적인 저칼로리 식품이며 식이섬유가 풍부하게 함유되어 있
어 피로회복과 당뇨 예방에 좋으며 다이어트에도 효과적이다.

아카시아재목버섯
아카시아재목버섯은 일명 장수버섯이라 불리는데 민주름목

구멍장이버섯과에 속하는 일년생 버섯이다. 버섯갓의 크기는 약 5~20cm, 두께 1~2cm 정도이고 적갈색이 아니면 회갈색을 띤다. 아카시아 나무 밑동에 제일 많이 생기는 버섯이라서 이런 이름을 가졌지만 벚나무, 참나무 등에도 발생한다. 봄부터 가을에 걸쳐 활엽수의 살아있는 나무 밑동에 무리지어 발생하며, 목재를 썩히는 부생생활을 한다.

처음에 유균 일대는 반구형이며 연한 황색 또는 난황색의 혹처럼 덩어리진 모양으로 발생하였다가 성장하면서 반원형으로 편평해진다. 갓 표면은 적갈색이나 차차 흑갈색이 되며 늙어서는 단단한 각피질이 된다. 갓 가장자리는 성장하는 동안 연한 황색에 환문이 있는 형태가 되며 조직은 코르크질이고 연한 황갈색이다.

아카시아재목버섯

이 버섯은 항산화물질이 함유되어 있어 끓여서 마시면 고소한 숭늉맛이 나며 항암작용을 하고 성인병 예방에 효과가 있어 장수버섯이라고 부른다. 항암작용(항종양, 면역증강활성 등)은 운지버섯의 1.6배, 표고버섯의 1.8배에 달하며 차가버섯, 상황버섯 및 영지버섯과 같이 약리작용이 뛰어난 약용버섯이다.

맛있는 나무 열매들

　9월 중순부터 10월 말까지는 등산객뿐만 아니라 일반인들도 산에서 먹기 좋은 자연의 나무 열매를 채취할 수 있다. 식용 가능한 나무 열매는 수십 종 있지만 그중에서도 산에 많이 있으며 많은 사람들이 잘 아는 열매가 산밤, 잣, 오디, 으름, 산수유, 다래 등이다. 산에 올라 정상에서 식사와 휴식을 취한 다음 하산하면서 산 능선이나 계곡 및 산 밑에서 산밤이나 잣 등이 길가나 숲속에 떨어져 있는 것을 발견하고 줍는 재미는 가을에 화려한 단풍 경치를 구경하는 것만큼 등산의 재미를 더해준다.

산밤

　밤나무는 보통 키가 15~20m이며 잎은 긴 달걀 모양으로 어굿나고 잎 가장자리에 뾰족한 톱니가 있다. 6~7월에 암·수꽃이 피면 멀리서도 밤나무를 식별할 수 있게 나무 위에 눈이 내린 듯 하얗게 보이며 밤꽃은 아주 독특한 향기를 낸다. 그 성분은 스퍼미딘spermidine과 스퍼민spermine으로 수컷의 정액 냄새 성분과 같다고 한다. 이런 연유로 조선시대 사대부 집안에서는 밤꽃이 필 때는 부녀자들의 외출을 삼가도록 하였다는 고사도 있다.

9월 중순에서 10월 초에 밤나무는 열매를 맺는다. 밤 열매는 견과堅果로 익어 길이가 3cm 정도 되는 가시가 많이 난 밤송이

밤나무

가 되며, 그 속에 1~3개의 밤이 들어있다. 산 밑 큰 밤나무가 있는 주변에는 밤송이 껍질이 널려있고 밤 알갱이도 여기저기 흩어져 있어 조금만 관심을 갖고 밤나무를 찾으면 의외로 산밤을 많이 주울 수 있다. 밤을 주우려 갈 때는 강한 밤 가시에 대비하여 필히 장갑과 집게를 갖고 가는 것이 편리하다.

산밤 알갱이

산밤은 보통 크기가 작지만 수종에 따라서는 재배종 같이 씨알이 굵은 것도 많다. 산밤은 시장에서 파는 재배종 밤보다 단단하고 고소하며 달아서 많은 사람들이 즐겨 먹는다. 산밤에는 벌레들이 잘 침투하여 살기 때문에 밤을 주워 오면 밤에 구멍이 있는지 잘 보고 썩은 밤을 골라낼 필요가 있다. 그리고 즉시 소금물에 반나절 정도 담갔다가 깨끗이 씻어서 몇 시간 말린 후에 쪄 먹거나 구워 먹는 것이 좋다.

특히 오래 보관하여 먹으려고 할 경우, 한 달 정도 먹을 분량이라면 밀폐용기에 키친타월과 신문지를 깐 후 밤을 넣어서 냉장고에 보관하면서 꺼내 먹는 것이 좋다. 장기보관은 껍질을 까지 않고 보관하는 것이 좋은데 냉장실보다는 냉동실이 오래 보관할 수 있다.

잣

잣나무는 전국의 산 어디서나 잘 자라며 우리나라가 원산지이다. 소나뭇과에 속하는데 잎이 소나무잎(솔잎)과 비슷하여 혼동하기 쉽다. 솔잎은 긴 바늘잎이 가지 끝에 2~3개 달리는 모습이지만 잣은 솔잎보다 굵으면서 세모진 바늘잎이 짧은 가지 끝에 5~6개씩 모여 달리는데 길이는 7~12cm이다. 9월에 열리는 열매는 길이 12~15cm, 지름 6~8cm의 긴 달걀꼴로 솔방울 같이 생겼지만 솔방울보다 크다.

9월에서 10월 중에 열매가 익으면 잣송이 겉에 붙어있는 껍

잣나무 숲

질 끝이 길게 자라 뒤로 젖혀지고 잣송이 끝의 가지가 마르면서 잣송이가 떨어진다. 자연스럽게 떨어지는 것 외에도 청설모 등 작은 동물들이 잣나무에 올라가 잣송이를 떨어뜨려 까서 먹기도 한다. 잣송이 속에는 씨가 촘촘히 박혀있는데 그 씨를 일반적으로 잣이라 하며 잣송이 하나에 80~90개의 잣이 들어있다.

잣은 식용 또는 약용으로 사용하며 잣송이 자체도 약용 또는 잣술을 담그는 데 사용하기도 한다. 잣의 겉껍질은 매우 단단하며 껍질을 깨면 속껍질 아래에 배젖胚乳인 황백색의 알맹이가 들어있다. 여기에는 지방유脂肪油가 74%, 단백질이 15% 정도로 많이 함유되어 있어 고소하고 향기가 좋다. 또한 자양·강장 효과가 있어 생으로 먹거나 각종 요리에 쓴다. 약으로 쓸 때는 탕으로 요리하거나 죽을 쑤어 먹는다.

잣송이

특정 개인이나 동네 주민들 및 산림청에서 수익사업을 위해 특정 지역에 잣나무를 조림하는 곳이 있는데 이런 곳에서 잣을 채취하면 주민들과 다툼이 생긴다. 따라서 등산을 하다가 산 밑이나 산길에 떨어져 있는 잣을 채취할 때는 이 점을 각별히 주의해야 한다. 한편 잣송이는 송진같이 표면에 끈적거리는 물질이 있으며 맨손으로 집으면 손가락에 끈적거리는 송진이 묻어서 매우 불편함으로 장갑을 착용하고 주워야 한다.

오디

뽕나무에 아주 작은 포도송이같이 원형 또는 타원형으로 달려있는 녹색 열매가 점차 붉어지며 5월 하순~6월 중순경 다 익으면 자주색에서 흑자색의 열매가 되는데 이를 오디라고 부른다. 뽕나무는 양잠·공업용·식용·약용 등 여러 가지 용도로 사용되기 때문에 수천 년 전부터 산이나 들에 작목되어 왔다.

뽕나무에 달린 오디

산에서 자연히 자라는 뽕 나무를 산뽕이라 부르는데 산속에 홀로 있는 산뽕나무 에서 오디를 따 먹을 수 있 다. 오디를 전문적으로 채취 하는 사람들은 산뽕나무 밑 에 비닐을 넓게 깔고 나무를

오디

흔들거나 큰 돌로 쳐서 오디를 떨어트려 채취한다.

오디에는 콜레스테롤을 제거하는 루틴 성분이 있어 고혈압 과 고지혈증을 예방한다고 하며 철분과 비타민 C, B, 칼슘 등 의 함량이 매우 높아 영양적으로도 매우 뛰어나다. 또한 관절 치료, 숙취해소, 피부미용 등 다양한 효능이 있고 강정제로서 의 기능도 있다. 달고 맛있는 오디는 즉석에서 먹기도 하지만 술을 담그면 포도주보다 훨씬 맛있는 담금주를 만들 수 있다.

지금도 봄철이 되면 여러 지역의 주부 또는 노인들이 산에 가서 나물이나 밤, 잣 등을 채취하여 등산 배낭 가득히 담아오 는 것을 전철 안에서 자주 본다. 과거 10여 년 전에는 나물이 나 버섯을 채취하는 단체가 대형 승합차나 버스를 대절하여 산 나물이나 버섯이 많이 나는 마을에 20~30명씩 떼를 지어 가 곤 했다. 현지에서 마구잡이로 산나물 등을 채취하면서 마을

주민과 시비가 생기고 민원을 초래한 사례들이 있다. 그래서 등산하면서 나물이나 버섯 등을 채취하려고 한다면 아래 사항을 숙지하고 행동해야 한다.

- 등산로에 인접된 개인 소유의 산림, 밭에 나는 나물이나 버섯을 무단 채취하는 것은 개인 사유재산을 탈취하는 것이기 때문에 민·형사상의 배상과 처벌을 받을 수 있다.
- 특히 마을 주민들이 소중하게 생각하는 마을 주변의 두릅, 잣, 산삼, 장뇌삼, 송이버섯, 표고버섯 등의 채취는 마을 주민과 시비 대상이 되는 만큼 가능한 한 채취하지 않는 것이 바람직하다.
- 일반적으로 쑥, 다래나물, 민들레, 엉겅퀴, 머위, 씀바귀 등의 나물들과 산속의 운지버섯, 덕다리버섯, 그물버섯 등은 별로 시비의 대상이 되지 않는다.
- 산림청의 산림자원법 아래 대통령 시행령에 의하면 나물이나 버섯 및 나무열매 등도 임산물로 보고 산에서 채취하는 것을 금지하고 있으며 경우에 따라 처벌할 수 있다고 한다. 국가 소유의 산이라고 해도 이는 정부가 관리하도록 국민이 위임한 것인데 국민 개개인이 산에서 즐길 수 있는 조그마한 자유(산나물이나 버섯 채취)도 억제시키는 것은 모순이 있다고 판단되지만 아마도 주민과의 마찰을 우려한 시행령이 아닌가 생각되니 이 점도 유의해야 할 것이다.

꽃을 먹는
사람들

봄이 오면 온 산에 작은 야생화부터 시작해 진달래, 철쭉 등 아름다운 꽃이 만개한다. 등산객들은 산행하면서 꽃의 아름다움을 감상하지만 꽃을 식용으로 사용코자 따 가는 사람도 있다.

우리나라에는 식화食化문화라는 것이 있다. 식화문화란 간단히 말하면 음식문화의 하위개념의 한 갈래로서 꽃을 식용하는 데 관한 문화이다. 우리나라는 예로부터 자연과 더불어 살면서 꽃과 밀접한 관계를 맺어 왔다. 꽃을 관상의 대상으로 삼았을 뿐만 아니라 음식 재료로도 널리 활용하였다.

우리 선조들은 오랜 경험을 통해 꽃에 포함되어 있는 여러 가지 풍부한 영양물질들이 오장육부를 활성화시키고 기氣를 도우며 노쇠를 예방하는 등 건강과 장수에 이롭다는 것을 알고 있었다. 이를 위해 선조들은 꽃을 먹기도 하고 차, 술과 약으로 쓰기도 하였다.(박달수 지음, 『중국 조선족 식화문화』 12쪽, 2008년) 그래서 등산인들이 쉽게 꽃을 이용한 차나 술을 만들어 먹을 수 있도록 간단히 소개하고자 한다.

생강나무 꽃

봄에 제일 먼저 온 산을 노랗게 물들이는 꽃이 바로 생강나무 꽃과 산수유 꽃이다. 생강나무라는 이름은 줄기와 잎에서 생강 냄새가 난다고 해서 붙여진 이름이다. 생강나무 꽃과 산수유 꽃은 모양이 비슷하나 자세히 살펴보면 구분할 수 있다. 생강나무 꽃은 나무줄기에 바로 붙어서 수십 개의 꽃잎이 뭉쳐있고 꽃과의 간격이 넓다. 산수유 꽃은 나무줄기에 가지가 뻗어서 그 끝에 꽃이 핀다.

생강나무 꽃

생강나무의 독특한 향기와 맛 때문에 잎을 말린 후 가루 내어 향신료로 사용하기도 하는데 이른 봄꽃은 차로 이용하며 부드러운 잎은 튀각 등 다양한 조리법으로 식용할 수 있다. 일부 등산객들은 부드러운 잎을 채취하여 삼겹살 등을 싸 먹는 맛을 즐긴다고 한

생강나무 꽃차

다. 생강나무 꽃차는 위를 따뜻하게 하고, 혈액순환에 도움이 되며 소화불량, 어혈, 타박상, 근육통, 피부 질환, 산후통 등에 좋다. 한방에서는 생강나무 껍질을 삼첩풍三鈷風이라 하여 타박상으로 어혈이 진 것을 치료하고 산후 몸이 붓고 팔다리가 아픈 증상에 쓴다고 한다. 민간에서는 오한, 복통, 신경통, 타박상, 멍든 피를 풀어주는 데 사용했다고 한다. 가을철 검게 익은 열매를 술에 담가 두었다가 마시면 근육과 뼈, 힘줄이 튼튼해지고 머리가 맑아지기에 애용한다고도 한다.

진달래꽃

봄의 산에 산수유 꽃과 생강나무 꽃이 노란색으로 피고 나서 이 꽃들이 질 때가 되면 산에는 연분홍색 진달래꽃이 산골짜기와 능선에 화사하게 핀다. 진달래꽃은 많은 이들이 직접 따 먹

진달래꽃

을 정도로 매우 친숙한 꽃이며 꽃잎을 따서 화전을 부쳐 먹기
도 하고 술을 담가 먹기도 한다.

옛날부터 우리 선조들은 봄이 되면 '꽃놀이' 또는 '화류놀이'
를 즐기는 풍속이 있는데 춘삼월에 마을 주민들이 산 밑이나
넓은 장소에 모여서 가져온 음식을 서로 나누어 먹으며 음주가
무를 즐겼다. 이때 부녀자들은 꽃잎을 따서 화전을 부쳐 나눠
먹고, 남자들은 진달래꽃으로 만든 진달래술 또는 두견주를 화
전과 봄나물을 안주하여 마시며 꽃피는 봄날의 하루를 즐긴다.

진달래꽃은 전국의 산야 어디에서나 피기 때문에 꽃의 채취
가 용이하여 진달래꽃을 이용한 술은 신분의 구별 없이 가장 널
리 빚어 마셨던 대표적인 '봄철 술'이었다. 진달래술은 향기도
좋을 뿐만 아니라, 혈액순환 개선, 피로회복, 천식 개선, 여성의

허리냉증 개선 등에 약효가 인정되어 약용주로 인기가 좋다.

화전이나 진달래술을 만들 때는 진달래꽃을 따서 독성이 있는 꽃술은 빼고 꽃잎만 사용한다. 보통 집에서 간단히 진달래술을 만드는 법은 다음과 같다. 진달래꽃을 말려서 병에 넣은 후 30도 소주를 부어 6개월 정도 숙성시키면 향기로운 진달래술을 먹을 수 있다. 전통 명주인 두견주(진달래술)는 찹쌀로 고두밥을 짓고 식혀서 누룩과 물을 섞어 술을 빚는데, 덧술할 때 진달래꽃을 섞어 버무려서 발효시킨다.

칡순 · 칡꽃

5월 중순부터 산길을 가다 보면 커다란 잎과 넝쿨 사이로 가늘고 길게 뻗어 약간 검게 보이는 줄기를 볼 수 있다. 이것이 칡순인데 성장 속도가 빠른 칡순은 빠르게 자라 칡넝쿨을 만든다. 어린 칡순은 손바닥 길이 정도로 잘라서 햇볕에 말린 다음 차, 시럽, 술로 만들어 먹는다.

칡순은 골다공증 개선, 관절염 개선, 숙취 해소, 불면증 개선, 견비통 개선, 간 기능 개선, 피부 개선, 노화 방지 효능이 있다고 한다. 특히 칡 속에는 알코올 분해효소인 알코올데하이드로라제가 들어있어 술을 마시기 전에 칡즙을 먹거나 술을 마신 다음날 칡즙이나 칡차를 마시면 술이 빨리 깨고 숙취 해소에 도움이 된다.

칡순

칡꽃

　말린 칡순을 뜨거운 물에 담가 마시면 향기로운 칡 냄새가
나서 차로 마시기에 좋다. 칡순 시럽은 칡순 200g에 흑설탕
300g을 섞어서 1년 동안 발효시켜서 먹는다. 발효된 즙에 물
만 부어서 마시면 되는데 성장 호르몬을 촉진시키고 변비에 좋

다. 칡 또는 칡순에 30도 정도의 담금소주를 부어서 밀봉한 후 3주 이상 평균 1년 정도 숙성하여 두었다가 먹으면 마시기 부드럽고 칡 향기가 좋은 칡주가 된다. 가을에 칡넝쿨 사이로 솟아 올라와 피는 붉은색의 칡꽃도 칡순과 같이 말려서 차나 술로 담가 먹는다.

산수유 꽃

3~4월에 노란색으로 피는 산수유 꽃은 자양강장과 항암효과가 있을 뿐만 아니라 이명, 전립선염, 월경과다, 자궁출혈, 요실금 등에도 효능이 있다고 알려져 남녀 모두 즐겨하는 꽃차이다.

산수유 꽃

산수유나무의 열매는 타원형으로 처음에는 녹색이었다가 8~10월에 붉게 익으며 약간의 단맛과 함께 떫고 강한 신맛이 난다. 10월 중순 서리가 내린 후에 수확하는데, 육질과 씨앗을 분리하여 육질은 술과 차 및 한약의 재료로 사용한다. 과육果肉에는 코르닌cornin · 모로니사이드Morroniside · 로가닌Loganin · 타닌tannin · 사포닌Saponin 등이 들어있고 포도주산 · 사과산 · 주석산 등 다량의 당糖과 비타민A도 포함되어 있다. 『동의보감』에 의하면 강음强陰, 신정腎精과 신기腎氣보강, 수렴 등의 효능이 있다고 하여 과육을 한약재로도 사용한다.

산수유 열매

엉겅퀴꽃(야홍화)

엉겅퀴꽃차

엉겅퀴 속에 함유된 실리마린이 강력한 항산화 작용을 해 간 기능을 회복시켜 주고 엉겅퀴꽃(야홍화)을 말려서 차로 마시면 남성의 정력을 강화해 준다고 한다. 또한 여성의 경우 출산 후 어혈을 풀어주고 모유 분비를 증가시켜 주며, 갱년기, 피부질 환 등에 효능이 있다고 알려져 특히 여성 등산객들이 많이 채 취해간다. 엉겅퀴는 줄기에 가시가 많아 장갑을 끼고 채취하는 것이 안전하다.

이와 같이 우리 선조들은 봄부터 가을까지 피는 꽃으로 100 여 가지 꽃차를 만들어 애용했는데 그중 산 밑이나 계곡 및 능 선 주위에서 쉽게 채취할 수 있는 꽃차 15가지를 더 소개하면 다음과 같다.

- 동백꽃차: 토혈, 육혈, 인후통에 좋고 지혈작용에 효능이 있다.

- 매화차: 향기가 좋고 갈증을 해소하고 숙취를 제거한다.

- 유채꽃차: 눈을 밝게 하고 독을 차단하며 지혈작용이 있다.

- 머위꽃차: 알칼리성 식품으로 해독 작용이 뛰어나 암을 예방한다.

- 개나리꽃차: 당뇨에 효과가 있으며 이뇨작용이 있고 항균, 항염증 작용이 있다.

- 벚꽃차: 숙취에 이롭고 구토에 효과가 있다. 해수, 천식에도 효과를 보인다.

- 살구꽃차: 갈증 해소와 장이나 위에 열이 많아 생기는 변비에 효과가 좋다.

- 모과꽃차: 소화 불량에 효과가 있고 항염 효능이 있다.

- 민들레꽃차: 소화 불량과 변비에 좋고 소염, 이뇨작용이 있다.

- 아카시아꽃차: 신장염 치료에 좋으며 방광염, 기침, 기관지염에도 쓰인다.

- 송화차: 송홧가루로 만들며 중풍, 고혈압, 심장병, 신경통에 좋다.

- 도라지꽃차: 진정, 진통, 해열, 혈당 강하 등의 효과가 있다.

- 맨드라미꽃차: 치질과 대소변 시 출혈에 지혈작용을 하며 월경과다, 자궁출혈에 좋다.

- 참취꽃차: 기침, 당뇨, 신장염 등에 효과가 있다.

- 쑥꽃차: 쑥꽃을 말려서 차를 만들며 월경통을 완화하고 위를 따뜻하게 해준다.

자연이 만든 예술품

　자연이 만든 예술품이란 산 계곡이나 산 밑 개울 또는 강가에서 얻을 수 있는 수석과 산의 능선이나 숲속에서 볼 수 있는 고사한 나무의 괴상한 형태를 한 가지나 뿌리를 말한다. 전문적인 수석 수집가가 아니라도 취미로 수석에 관심을 가지면 재미난 수석을 얻어 감상할 수 있다. 일반적으로 수석 하면 까만 오석으로 아름답게 가공한 것을 많이 볼 수 있고 때에 따라서는 화석이 들어있는 수석을 전시장 등에서 볼 수 있다.

　수석水石, 壽石이란 두 손으로 들 정도거나 그보다 작은 자연석으로 산수미의 경치가 축소되어 있고 기묘한 모습이 있으며 회화적인 색채와 무늬가 조화를 이룬 돌을 말한다. 또한 환상적인 추상미를 발산하는 것으로서 시정詩情이 함축되어 있으며 정서적인 감흥을 불러일으켜야 한다. 수석은 자그마한 돌로 가공되지 않은 천연 그대로여야 하며 주로 실내에 놓고 감상한다.

수석 취미의 바탕은 대자연은 곧 나요 나는 대자연의 일부분이라는 자연과 인간과의 혼연일체에 도달하여 자연의 깊은 이치를 이해하려는 동양적 사상에서 나온 것이다. 즉 직접 산에 가서 등산을 하며 자연을 감상하지 않고도 집에서 등산의 묘미를 느끼고자 하는 데 있다. 나는 산행 중 계곡이나 산자락에서 자연 그대로의 수석을 많이 수집하여 운룡도서관에 진열해 놓았는데 그중에서도 인왕산을 닮은 수석을 귀중히 여기며 매일 보면서 산을 감상하고 있다.

수석은 짐승이나 곤충·새·꽃·사람 또는 탑이나 건물 같은 온갖 삼라만상의 형상이 들어 있는 물형석物形石·무늬석·추상

인왕산 모양의 자연석

소용돌이 우주를 연상하게 하는 수석

석抽象石 등도 있지만, 한 개의 작은 돌에 산수 경치(깊은 골짜기나 낭떠러지, 하나의 산봉우리를 이룬 것)가 상징적으로 축소되어 나타나 있는 돌인 산수경석山水景石, 山水石이 가장 으뜸이다.

 수석을 갖고 왔으면 흙때·물때와 모래알 따위를 말끔히 닦아내어 수석 본연이 지닌 때깔과 자연미를 살려야 한다. 그리고 물형석·무늬석·추상석 등은 돌의 형태에 적합하도록 좌대 조각(나무받침)을 정교하게 제작하여 돌을 받쳐놓는 것이 좋으며, 수반水盤을 주로 이용하는 산수석은 수반에 해맑은 모래를 깔고 알맞은 위치에 자리 잡아 산수경정山水景情이 돋보이게 하여 감상한다.

한편 등산을 하다 보면 능선이나 계곡의 물가 또는 숲속에서 벼락을 맞거나 죽어서 넘어진 나무의 밑동이나 뿌리, 혹은 재미난 모양의 가지를 볼 수가 있다. 이런 것들을 잘 골라서 흙과 때를 벗기고 손질하여 집안 거실이나 사무실에 설치하면 아주 재미있는 예술 작품이 될 수 있다. 산이란 자연을 가까이하고 등산을 하다 보면 여러 가지 자연의 예술품을 얻을 수 있는 행운을 가질 수 있는 셈이다.

나무뿌리로 만든 공예품

태백산

6장

등산인이
꼭 알아야
할 것들

올바른 등산 방법

　등산은 사계절에 따라 산의 경치를 구경하고 산행 후 뒤풀이 등 행락적인 요소가 많은 일반 등산과 혼자 또는 두세 명이 사람들이 잘 가지 않는 깊은 산골을 찾아다니며 자연을 감상하는 심미적 목적의 정적靜的 등산, 그리고 모험을 수반하며 인간 한계에 도전하는 동적動的인 등산, 즉 암벽 및 빙벽을 오르는 스포츠등산으로 크게 나뉜다. 또한, 등산의 본래 목적 이외의 뜻이 있는 오지나 남극횡단 등 극한 탐험등산도 있다. 스포츠등산이나 탐험등산은 개인의 능력 한계에 도전하는 보다 어려운 등산을 감행해야 되기 때문에 가장 위험하고 기술적 수련을 필요로 한다.

　등산 계획 단계에서 등산할 산과 같이 갈 인원이 결정되면 그 후 리더(대장)가 면밀하게 코스를 검토하고 시기를 협의한 후

각자 필요한 장비·식량·경비 등을 비롯해 모든 준비를 완비하도록 지침을 준다. 하루 산행 일정은 산의 높이와 여러 산행 코스를 감안하고 대원 중에 체력이 약한 사람이나 노인, 여성을 고려하여 리더가 결정한다. 산행은 목표하는 산의 예상되는 코스에 따라 계획된 일정대로 산행하는 것이 원칙이다. 만일 현지에서 부득이하게 계획변경을 할 때는 원칙적으로 안전등산의 범주 속에서 예정보다 쉬운 코스의 일정을 잡아야 한다.

등산은 산을 오르고 내려가고 하는 것의 연속이기 때문에 올바른 등산 방법을 알아두고 실천하면서 몸에 익숙한 상태를 만들어야 등산도 즐기고 건강도 돌볼 수 있다.

첫째, 등산화를 신은 발의 발끝 방향만 일자가 된다고 신체의 무게중심이 옮겨져 걷게 되는 것이 아니므로 상체를 약간 앞으로 구부려서 걸어가야 한다.

둘째, 신체의 무게중심을 일치시키는 방법은 위로 올린 발의 발끝과 무릎, 그리고 가슴의 중앙이 수직방향으로 일직선이 되도록 몸의 자세를 이동하는 것이다.

셋째, 내리막 산길에서는 무릎이 구부러지지 않게 끌어당겨 굽히고, 인체중심이 앞뒤로 쏠리지 않도록 유의한다. 다음 발을 옮겨 디딜 것을 염두에 두고 몸의 균형을 유지하며, 내리막 길에서는 반드시 발부리부터 내디딘다.

넷째, 산행 시간은 코스에 따라 차이가 있는데, 이른 아침부터 산행하여 보통 오전 4시간과 오후 2시간 정도로 배분하여 하루 12km 안팎이 적합하다.

다섯째, 산행 중의 휴식은 흔히 30분 걷고 5분 휴식하는 것이 바람직하다고 알려져 있지만, 이 간격은 사람이나 상황에 따라 다르기 때문에 자신에게 알맞게 산행과 휴식 시간 간격을 조절해야 한다. 그리고 산길의 상태도 때에 따라 다르기 때문에 지치지 않고 운동을 계속할 수 있는 시간이 언제나 똑같을 수 없다. 일단 몸이 지쳐버린 다음에 휴식을 취하면 기력을 다시 원상태로 회복하기 어렵다. 따라서 지치기 전에 잠깐 쉬고, 다시 걷고 해야 한다.

등산을 할 때 특히 주의해야 할 일은 걸으면서 머리를 돌려 주위를 살피거나 먼 산의 경치를 보면서 걷는 것은 삼가야 한다는 것이다. 산길은 돌출된 바위와 돌부리, 비탈의 모래 등이 많아 안전에 유의하여야 하기 때문에 항상 앞을 보면서 바닥을 잘 살펴 걸어가야 한다. 산의 경치나 숲속의 특정한 물체를 보고자 할 때는 멈춰선 다음 주위를 관찰하거나 경치를 구경하여야 한다.

등산 사고의 예방

　오랜만에 등산을 하는 사람은 자신이 초보자라고 여기고 천천히 자주 쉬면서 올라가야 한다. 장마철에 수 주간 운동을 쉬었다가 다시 등산을 하는 경우에도 전과 같지 않을 수 있다. 특히 직장이나 동호회 동료들과 같은 속도로 올라가려고 노력하다가 낭패를 보는 수가 있으니, 처음부터 자신의 속도를 지키는 것이 좋다.

　일반적인 등산 필수 지식에는 모든 등산에 기본이 되는 보행법, 오르막길과 내리막길의 걸음걸이, 숲길·낙엽길·계곡길 가기, 계곡 건너기, 능선길 가기, 돌풍 피하기, 비나 눈 속의 등산, 낙석 때의 등산 등이 있으며, 모든 경우 일정한 보행속도의 조절과 등산로 선택법, 길을 잃었을 때의 안전등산법을 알고 있을 것이 요구된다.

관절염이나 심장병이 있는 경우 무리한 등산은 오히려 해가 될 수 있다. 사고를 예방하기 위해서는 산행 전에 충분히 스트레칭으로 몸을 풀고 본인의 체력에 맞게 속도 조절을 해야 한다.

한편 산행에서 빼놓을 수 없는 것이 바로 산의 정상이나 계곡에서 아름다운 경치를 보면서 점심을 먹는 것이다. 그래서 일반적으로 산행을 위해 맛있는 점심과 기호 식품을 준비하여 산행을 시작하곤 한다.

등산은 에너지소모가 큰 활동이지만 고단백, 고지방의 식품은 오히려 위와 심장에 부담을 줄 수 있기 때문에 식사는 탄수화물 위주로 적당량 섭취하고 간식으로 고당질 식품을 섭취하여 에너지를 보충하는 것이 좋다. 물론 막걸리 등 소량의 술을 먹는 것도 산행의 별미이지만 산행에 지장을 초래할 정도로 과음은 삼가야 한다.

산행이 당일치기 하루가 아니고 산에서 야영을 필요로 하는 경우, 단독 혹은 단체로 등산하는 모든 등산에서 캠핑 또는 산장생활은 산생활의 기본기술로 익혀야 되고 천막을 이용해 캠핑을 하거나 산장이나 사찰을 이용할 때는 공중도덕이 수반되어야 한다. 이러한 산생활의 기본기술에는 취사, 노영, 자연보호, 오물처리 등의 기본 법칙과 지켜야 할 윤리 및 교양이 있다.

등산을 하다가 골절사고가 발생하면 부목을 이용하여 다친 부위를 고정해야 한다. 부러진 나뭇가지를 다친 부위에 대고 헝겊으로 동여매면 훌륭한 부목이 된다. 만약 출혈이 있으면 붕대나 지혈대 또는 옷가지 등으로 출혈 부위를 압박하고, 다친 곳을 자주 심장보다 높게 들어준다.

무릎 아픈 분이 등산을 하면 통증이 더 심해질 수 있다. 대부분 무릎 질환은 무릎을 많이 구부렸다 펼 때 무릎 주위 근육이나 힘줄이 부담을 받고 관절 내 압력이 증가하여 악화되기 때문이다. 많은 분이 올라갈 때보다는 내려올 때 더 힘이 든다고 하는데 내려올 때 무릎을 더 많이 구부리기 때문이다. 무릎이 아픈 분들은 원인을 치료하고 미리 무릎 운동을 수 주간 실시하여 튼튼하게 만든 후 등산을 시도해야 하겠다.

등산하다가 낙오되면 상황이 심각해질 수도 있기 때문에, 동료와 함께 등반하거나 사람의 왕래가 잦은 등산로를 따라서 걷는 것이 좋다. 또 높은 산의 기후는 수시로 변하므로 미리 여러 상황에 대비해서 준비해야 한다. 또한 등산을 하다 보면 음주 가무를 즐기는 분들이 많은데 타인에 대한 예절 차원에서 과다한 음주 가무는 삼가야 하겠다. 특히 음주가 과하여 등산 도중 사고를 당하는 경우도 종종 있다는 사실을 염두에 두어야 한다.

등산 중 조난은 실족, 장비부족, 기술미숙, 정신적·육체적 결함, 판단 착오 등 등산자 스스로의 원인으로 생기는 경우와 기상 돌변, 낙뢰, 눈사태, 낙석 같은 자연 재해로 인해 생기는 경우로 구분한다. 자연 재해의 경우는 절대적 위험이고 개인의 실수에 의한 것은 조건 있는 위험이다. 이 절대적 위험 중에는 불가항력의 위험도 있으나 이것을 잘 판단하고 예방하며 또는 극복할 때 조난의 위험을 피할 수 있다.

조난을 방지하기 위해서는 자기 체력, 대원의 능력에 따른 등산코스를 선택하고, 리더의 지시와 산행 일정을 잘 따라야 하며, 산에서의 만용과 저돌적인 용맹은 금물이다. 또한 침착한 행동을 유지하는 것을 잊지 말고, 적절한 장비를 갖추고 점검하는 것을 게을리해서는 안 되며, 당일의 기상변화에 항상 유의해야 한다.

등산객이 적은 한북정맥이나 지맥 등을 친구 서너 명이 종주를 하는 경우나 깊은 산중에서 홀로 등산할 경우에 하산하는 길을 잘못 들어서 산속에서 해매는 경우가 있다. 산에서 길을 잃었을 때는 계곡으로 무작정 내려가면 급한 경사지역이나 절벽을 만나게 되고 때론 가시덤불 속에서 바위구멍 사이에 발을 헛디뎌서 사고가 날 수 있다.

산중에서 길을 잃어버린 경우에는 가까운 능선으로 다시 올라가 계곡과 능선 등 산 지형을 잘 살펴보고 산 밑 도로나 주택 등을 확인한 후 될 수 있는 대로 능선을 타고 하산해야 안전하다. 겨울철에는 눈이 많고 얼음이 언 비탈길이 있어 아이젠과

(위) 산비탈 너덜바위 구간
(아래) 낙엽 쌓인 비탈길, 눈 쌓이고 경사진 비탈길

스틱을 착용하고 안전하게 걸음을 걸어야 한다. 산비탈 구간에 있는 너덜바위 구간을 특히 조심해야 하며 가을철에 길이 아닌 산비탈을 내려올 경우 낙엽이 쌓인 경사진 비탈길은 미끄러져 추락할 수 있기 때문에 조심해서 내려와야 한다.

또한 하산이 늦어서 해가 저물어 길을 잃고 낭패를 당하는 위험한 경우도 생길 수 있다. 이런 경우를 대비하여 종주나 나홀로 산행 시에는 항상 스틱과 배낭에 최소 10m 안전자일, 플래시, 비상식량, 구급약품을 갖고 다녀야 한다.

대부분의 등산인들은 등산 자체에 대해서만 주의를 기울이지 그 후에 피로해진 근육과 건강상태에 대해서는 소홀히 하는 경향이 있다. 오랜만에 등산을 다녀오면 온몸이 뻐근하거나 종아리에 쥐가 나는 등 후유증으로 고생하기 마련이다. 평소에 운동을 하지 않았다면 그런 증상을 더 많이 느낄 것이다. 이럴 땐 척추 주변 근육과 다리 근육을 풀어주면 후유증으로 인한 고생을 한층 줄일 수 있다.

또 등산을 다녀온 뒤에는 가벼운 찜질로 근육의 피로를 풀어주어 산행하는 동안 긴장한 몸을 이완시켜 주는 것이 좋으며, 산행 중 관절을 삐끗한 경우에는 냉찜질을 잘해주고, 근육이 피로한 경우에는 수건을 따뜻한 물에 적셔 온찜질해 주는 것이 좋다. 근육을 푸는 스트레칭은 힘 조절의 요령이 중요하며, 신체 어느 부위의 힘을 빼고 줄 것인지 알아야 굳은 근육을 풀어주고 약해진 부위를 강화하는 스트레칭 본래의 목적을 달성할 수 있다.

등산에 적절한 장비와 식량

    등산장비는 개인장비·공동장비·취사생활 장비로 구분할 수 있다. 높은 산이나 야영을 해야 하는 산행 시 장비부족은 위험할 수 있지만 과다한 장비 지참도 좋은 일은 아니다. 특히 겨울 등산이나 고산등산에서 방한장비의 선택과 준비는 필수적인데 경량화에 주안점을 두어야 한다.

    장비는 항상 손질해야 하고 완전한 사용법을 숙지해야 한다. 장비는 등산복, 등산화, 배낭, 등산모, 장갑, 스틱, 간이의자, 구급의료 약품과 기구 등 경기능輕技能 장비와 방한복, 방한등산화, 코펠, 버너, 아이젠, 이중천막 등 중기능重技能 장비로 구분된다. 이러한 장비를 등산하려는 산과 계절에 따라 마련해야 하고, 성능과 사용법을 완전히 파악해야 한다. 등산장비 중에서 안전하고 원활한 등산을 위해서 가장 중요한 것이 등산화와 배낭 및 스틱이므로 3가지 기본 장비의 선택 요령에 대해 알아본다.

등산화

험한 산이 아니더라도 발목이나 무릎 등 관절 손상을 예방하기 위해 반드시 등산화를 신어야 한다. 낮은 언덕일지라도 경사가 가파르고 땅이 고르지 못한 곳이 부분적으로 있기 때문이다. 좋은 등산화를 고르는 요령은 다음과 같다.

- 초보자는 발목이 있는 등산화가 좋다
- 신발의 크기는 양말을 신은 상태에서 손가락 하나 들어가는 정도.
- 발목을 부드럽게 감싸고 발이 놀거나 너무 조이지 않아야 한다.
- 신고 걸어보아 불편함이 없는 것으로 고른다.
- 밑창을 재질이 부드러운 것이 좋다
- 방수(防水)성, 통풍(通風)성을 확인한다.

배낭

필요한 등산 도구와 먹을거리 등을 담아가는 배낭은 산행 유형에 따라 배낭 형태와 크기가 달라지는 것을 감안하여 안전산행을 위한 올바른 등산배낭 선택방법을 아는 것이 매우 중요하다. 등산배낭은 산의 계곡이나 능선 및 바위와 비탈길에서 몸의 무게 중심을 잡아주는 역할을 하며 행여 넘어지거나 위험

한 상황에 처했을 때 쿠션 작용으로 충격을 완화하는 역할도
한다.

처음 등산을 하는 초보자들은 가벼운 일일 산행을 위해 내부
프레임이 없는 소형 데이팩Day Pack을 선택하는 것이 좋다. 데이
팩은 여닫기가 편리하며 수납공간이 크다는 이점이 있으나 짐
을 많이 넣었을 때 하중이 아래쪽으로 쏠리는 단점이 있다. 그
럼에도 대부분의 등산인들이 선호하는 배낭이다.

등산 경험이 풍부하게 되어 산에서 숙박하거나 종주, 원정산
행 또는 암벽등반을 하게 되면 텐트와 자일, 방한복 등 많은 물
건을 담기 위해 알루미늄 프레임이 있는 큰 용량의 프레임팩
Frame pack을 사용한다. 중형 이상의 배낭인 프레임팩은 무게 중
심이 위쪽에 있어 하중을 가볍게 느끼도록 해주며 장거리 산행
등에 도움을 준다.

등산배낭은 일반 산행용, 암벽등반용, 빙벽등반용, 트레일
러닝용 등으로 등산의 목적과 자연환경 및 사용 장비에 따라
메이커에서 배낭의 모양이 각각 다르게 제작되므로 용도에 맞
게 잘 선택하여야 한다. 특히 일반적인 산행의 경우, 산행 중
체온관리가 매우 중요하기 때문에 등과 닿는 부분에 메쉬를 이
용하거나 간격을 두어 바람이 잘 통하고, 땀이 빨리 건조될 수
있도록 제작된 제품들이 있다. 그렇기 때문에 선택할 때 꼼꼼

하게 배낭의 가능도 살펴보아야 한다.

배낭의 용도와 크기 및 기능을 살펴보는 것도 중요하지만 가장 중요한 것은 자신의 체형에 맞게 배낭을 선택하는 것이다. 배낭을 잘못 선택하면 허리와 하체에 부담을 주어 쉽게 피로를 느낄 수 있다. 자신의 체형에 맞으면서 배낭에 들어간 짐의 하중을 신체에 골고루 분산시켜 주는 제품을 선택해야 할 것이다. 체형에 맞는 가방을 선택할 때 가장 중요하게 고려해야 할 사항은 아래와 같다.

- 각 조임벨트가 정확한 위치에 있는지를 확인한다. 배낭의 조임벨트는 하중을 골고루 분산시키고, 배낭을 몸에 밀착시켜 활동에 편리함을 준다.
- 어깨에 걸리는 멜빵 부분은 쿠션이나 두께가 본인의 체형에 맞는지 확인한다. 어깨 끈이 좁아 지지대 역할을 충분히 하지 못해 배낭을 늘어뜨려서 메는 경우는 어깨와 허리에 무리를 주어 산행에 신체의 피로를 가중시킨다.
- 멜빵의 좌우 간격과 부착 각도는 자신의 가슴둘레에 맞는지, 높이는 자신의 척추 길이와 같게 조절 가능한지를 확인한다.
- 사이드 벨트는 우산, 윈드재킷, 로프나 등 여러 물건을 부착할 때 불편함이 없어야 한다. 또한 스틱고리, 피켈고리, 배낭고리 등 보조 장식이 있으면 더욱 편리하게 사용할 수 있다.
- 일반적으로 당일 산행에서는 30리터 전후 크기의 배낭이 적당하

며, 많은 물건이 필요한 1박 이상의 일정의 경우 60~70리터 전후의 배낭을 선택하는 것이 좋다.

산행 시 배낭은 꽉 채우지 말고 20% 정도 비워놓는 게 좋기 때문에 실제 수납하는 용량보다 여유 있는 사이즈를 선택하는 것이 좋다. 늦가을이나 겨울산행의 경우, 당일 산행이라고 하더라도 방한복과 보온병 등 필요한 장비들이 있고. 체온 조절을 위해 재킷을 벗어야 하는 경우도 생기기 때문에 배낭을 꽉 채우지 말고 20% 정도의 여유공간이 필요하다.

등산장비와 함께 배낭에 넣을 등산식량은 계절과 등산방식에 따라 필요한 영양가와 열량을 갖춘 식품이어야 한다. 겨울철을 제외한 계절에는 1인당 2,500cal, 겨울에는 3,500~4,000cal가 요구되며, 영양가가 고루 갖추어져야 한다. 식량 선택의 기본원칙은 값이 싸고 영양가가 높은 것, 각종 영양소가 충분히 들어 있는 것, 요리하기 쉬운 것, 변질되지 않은 것, 부피가 작고 가벼우며 포장이 잘되어 수송이나 휴대가 편리한 것, 버리는 부분이 적은 것, 어떠한 상태에서도 손쉽게 먹을 수 있는 것이다. 그리고 극한 상태나 비상시에 손쉽게 먹을 수 있는 별도 식품의 준비가 요구된다. 개인의 기호에 맞는 소량의 주류나 커피, 음료수 등은 각자가 준비해야 하며 산행 중 먹을 수 있는 물은 충분하게 갖고 가야 한다.

스틱

스틱은 배낭을 메고 산행을 하는 사람의 무게중심을 다리 2개에서 4개의 무게중심 구조로 만들어주는 역할을 하므로 그만큼 몸의 하중을 분산시키고 안정되게 한다. 또한, 스틱을 사용하면 올라갈 때 20%, 하산 시 30%의 하중을 분산시켜 주므로 몸의 피로도를 낮춰준다. 또한 산행 중 비탈길에서 미끄러지거나 돌부리에 걸려서 넘어지는 등 갑작스럽게 몸의 중심을 잃는 상황이 벌어질 때 몸의 균형을 잡아주어 사고로부터 안전을 지키는 역할을 한다. 특히 등산 후에 무릎이 시큰거리시는 사람들은 스틱을 2개 사용하면 하산할 때 무릎 아픔이 많이 완화된다. 그러므로 스틱을 구입 시에는 반드시 2개(1쌍)를 구입하여 사용하는 것이 가장 좋다.

산행 시 올라갈 때는 스틱 길이를 약간 짧게, 내려갈 때는 약간 길게 하는 것을 기본으로 자신의 키를 고려하여 스틱 길이를 조정한다. 대개 남자의 경우 스틱 길이를 130cm 정도로 하고 여성의 경우 120cm 정도로 맞추어서 사용하는 것이 좋다. 스틱은 산행에 매우 중요한 역할을 하므로 신중하게 선택하여야 하며 선택 요령은 다음과 같다.

- 스틱 손잡이는 I자형과 T자형이 있는데 산행에는 일직선으로 뻗어 있는 I자형이 적합하다.
- 스틱의 재질은 두랄루민, 카본, AL카본, 티타늄 제품이 있는데 구

매 시 용도와 신체 조건을 감안하여 선택해야 한다.

- 티타늄에 비해 두랄루민이 약간 더 무겁지만 5시간 미만의 산행을 하며 몸무게가 많이 나가는 경우 스틱이 받는 하중을 고려하여 두랄루민 제품을 쓰는 것이 좋다.
- 10시간 정도의 장거리 산행인 경우에는 신체의 피로도를 감안하여 가벼운 재질인 카본 또는 AL카본 제품이 좋다. 종주산행인 경우는 카본, AL카본, 티타늄 제품이 적당하다.
- 산행 시 스틱이 부러지거나 촉이 쉽게 닳아 바위산에서 미끄러지면 오히려 더 크게 다치기 때문에 안전을 위하여 절대 값싼 하급제품의 구입은 삼가야 한다.

구급 의료함

등산을 하다 보면 초보자는 물론 등산 전문가들도 부주의와 실수로 넘어지거나 사고를 당할 수 있다. 이때 바로 치료를 위한 응급조치가 필요하다. 그런데 많은 등산객들이 의료도구를 등산 배낭에 넣어 다니는 경우가 거의 없다. 특별히 해외 원정대나 큰 산악회의 경우에는 필수품으로 구급 의료함을 갖고 다니지만 국내에서는 많은 등산객들이 구급 의료함을 갖고 다니지 않아 위급한 상황에 낭패를 당하는 경우가 있다.

나는 등산 시 항상 소형 의료 구급함을 배낭에 넣고 다닌다. 10여 년 전에 백두산 산행 시 경사진 길을 내려오다 일행 중 여자분이 돌에 발이 걸려 넘어지는 바람에 이마가 찢어지는 상처가 났다. 산악회 일행 중 내가 구급 의료함이 있어 치료해 주어서 산행을 무사히 마친 적이 있었다. 이 밖에도 나는 휴대용 구급 의료함 덕분에 우리 일행이 아닌 다른 등산객의 사고를 치료해준 경우가 여러 번 있었다.

즐겁고 안전한 등산을 위해서는 누구나 소형 구급 의료함을 갖고 다니는 습관을 갖는 것이 좋다. 특히, 혼자 산행을 할 경우는 의료함뿐만 아니라 10m 정도의 자일과 약간의 비상식량을 갖고 다니는 것이 바람직하다.

요즘 인터넷으로 판매하는 소형 구급 의료함이 많이 있고 값도 매우 저렴하다. 구급 의료함은 기본적으로 다음과 같은 것들이 들어있는 것이 좋다.

- 크기: 미니 구급낭 11cm x 15cm
- 내용물: 드레싱 밴드, 알콜스왑, 밴드(덕용 사이즈), 알스틱스왑(알콜 면봉), 가위, 플라스틱 핀셋, 탈지면, 면 반창고(소), 소형 에어스프레이 파스

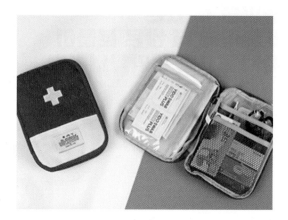

미니 구급낭

발목을 삔 등산객 응급치료

자연과 하나 되어
나를 돌아볼 수 있는
등산의 매력에 더 많은 분들이
흠뻑 빠져들기를 희망합니다!

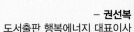

– 권선복
도서출판 행복에너지 대표이사

    대한민국은 국토의 약 70%가 산으로 이루어져 있지만 등산이 대중적 취미활동으로 부각된 것은 최근의 일입니다. 전문적인 지식을 갖춘 활동으로서의 등산의 개념이 정립되기 이전에도 많은 이들이 산을 올랐으나 생계유지, 단순 통행, 군사 활동 등을 이유로 산을 타는 정도에 그치는 수준이었습니다. 하지만 대한민국이 경제적으로 여유로워지자 전문적인 등산 개념과 지식, 장비가 대중적으로 보급되기 시작하고, 많은 이들이 취미와 여가 생활을 위해 산에 오르기 시작했습니다. 이러한 변화는 현재에도 이어져 2017년 국민 생활참여 실태 보고서에 따르면 대한민국의 등산 인구는 약 1,500만 명에 육박한다고 합니다.

무엇이든지 알고 즐기는 것은 모르고 즐기는 것보다 훨씬 많은 경험과 즐거움을 선사한다고 합니다. 50여 년 가까이 산을 친구로 삼았으며 30여 년 이상 꾸준한 산행을 계속해 온 이명우 저자님의 이 책,『산에 가는 사람 모두가 등산의 즐거움을 알까』는 현대적인 등산의 역사, 등산이 가지고 있는 숨겨진 매력과 성찰, 산속에서 접할 수 있는 맛있고 몸에 좋은 식물들, 등산할 때 지켜야 하는 기본적인 예절과 안전사항들까지 등산에 얽힌 다양한 이야기들을 물 흐르듯 자연스러운 입담과 풍성한 지식을 엮어 우리에게 들려줍니다. 이 책은 등산에 관련된 단순한 관광지 설명서와 같은 책보다는 등산에 관련된 전반적인 지식을 풍성하게 익힐 수 있는 인문학적인 입문서라고 할 수 있습니다.

　많은 사람들이 단순히 산이 좋아 등산을 즐기고 있습니다. 하지만 이 책을 통해 등산이 어떻게 정립되었는지, 과거 우리 조상들은 등산을 어떻게 하였는지, 산속에 숨겨진 보물 같은 존재에는 무엇이 있는지 알고, 그것을 찾아 나가는 재미로 산을 오른다면 더욱 많은 즐거움을 누리게 되리라고 생각합니다.

　등산은 건강한 땀을 흘리며 자연과 하나 되는 취미입니다. 이 책을 읽는 모든 분들이 시간이 흐르면 흐를수록, 산을 오르면 오를수록 새롭게 다가오는 산행의 특별한 매력에 흠뻑 빠지는 기회를 가지시길 희망합니다.

세상에 그저 피는 꽃은 없다 사랑처럼

윤보영 지음 | 값 13,500원

2009년 대전일보 신춘문예로 등단하여 지금까지 19개의 시집을 낸 '커피 시인' 윤보영 시인의 이번 시집은 어떠한 기교 없이 담백하면서도 일상적인 언어로 우리의 가슴에 잔잔한 물결을 남기는 것이 특징이다. 우리가 평소 짧게 던지는 말들처럼 평범한 언어 속에 담긴 깊은 그리움과 감동은 우리가 일상에서 느끼는 모든 감정이 시의 재료이자 시 그 자체라는 것을 알려주는 동시에 이 책을 읽는 많은 이들에게 마음을 정화하는 행복에너지를 전달하게 될 것이다.

공부를 정복하라

서웅찬 지음 | 값 20,000원

어떻게 하면 공부를 잘할 수 있을까? 서울대 법대 출신 서웅찬 저자의 이 책은 대한민국에서 자랐다면 누구나 궁금해하는 '공부의 비법'을 매우 체계적이고 자세하게 알려주고 있는 책이다. 동기부여와 자신의 학습능력 파악, 공부계획 설정, 효율적 암기법과 노트필기법, 수험생에게 필요한 생활습관과 시험에 임박해서의 대처법까지 적극적인 실전 전략이 가득한 이 책은 시험을 앞둔 모든 이들에게 오아시스와 같은 존재가 될 것이다.

창업, 4천5백 송이 포도나무 플랜으로 하라

이병은 지음 | 값 15,000원

창업자를 위한 책은 많다. 하지만 법무사 창업을 준비하는 과정 중에 맞닥뜨리는 난관과 그에 따른 해답들을 일견 전혀 관계없을 듯한 '4천5백 송이 포도나무'를 길러내는 농부의 플랜에 비유하여 제시하고 있는 이 책은 그중에서도 특별하다. 이 책의 6개 장을 따라 실천하다 보면 '포도나무'가 아니라 '4천5백 송이 포도나무'를 키워낸다는 것, 그 창업의 핵심을 꿰뚫는 지혜를 얻을 수 있을 것이다.

성경 속의 리더십 사다리

신진우 지음 | 값 15,000원

국립현충원장을 역임한 리더십 전문가 신진우 교수의 이 책은 우리 삶의 자양분을 형성하고 영성을 성장시킬 수 있는 지혜를 담은 책, 성경을 해석하고 탐구하여 우리 귀에 들려준다.

독자들은 이 책을 읽으며 성경에서 말하는 인간의 미덕과 훌륭한 사람들의 발자취가 종교를 초월하여 사회적 약자를 돕고 나보다 남을 위하며 스스로의 인격을 도야할 수 있는 길을 담고 있다는 것을 이해하게 될 것이다.

Mum, Big Hug please(엄마, 꼬옥 안아주세요)

임서연 지음 | 값 17,000원

일하는 엄마인 임서연이 살아가면서 생겨난 생각과 느낌을 담아낸 솔직한 에세이. 저자는 어린 시절부터 가지고 있었던 장애와 콤플렉스, 고된 시집살이와 왕따 경험 등 결코 가볍지만은 않은 이야기를 솔직담백하면서도 유머러스하게 풀어낸다. 평범하지만 평범하지 않은 저자의 일상이 흥미로운 이유는 우리들 모두가 그렇게 사소하지만 의미가 깃든 삶을 살아가고 있기 때문일 것이다.

배세일움 사용서

心痛 문홍선 지음, 心通 서성례 감수 | 값 20,000원

『배세일움 사용서』는 씩씩하게 그리고 힘차고 즐겁게 인생을 살아가는 '다섯 명 패밀리'에 대한 이야기이다. 책 속 일상에서 마주치는 이런저런 깨달음이나 생각은 때로는 큰 의미로, 때로는 별 것 아닌 장난으로 다가온다. 나침반처럼 일상을 안내하고 손전등처럼 삶의 수수께끼를 비추는 이 '사용서'를 통해 독자들은 삶이라는 요리에 양념을 더하듯 작가의 유쾌한 철학을 전달받을 수 있을 것이다.

2주 만에 살 빼는 법칙

고바야시 히로유키 지음, 방민우 · 송승현 번역 | 값 17,000원

진정한 다이어트를 위해서는 자신의 몸, 특히 몸과 마음의 건강 전체를 총괄하는 '장'을 이해하고 돌보는 것이 최우선이 되어야 한다는 것이 이 책이 제시하는 '2주 만에 살 빼는 법칙'이다. 특히 이 책은 자신의 몸을 이해하고 돌보는 방법으로 최신 의학 이론에 기반한 '장활'과 '변활'을 제시하며, '장 트러블' 해결을 통해 체중 감량을 포함한 다양한 문제를 해결할 수 있도록 돕는다.

내 사랑 모나무르(MON AMOUR)

윤경숙 지음 | 값 15,000원

이 책 『내 사랑, 모나무르』는 가난 속에서도 희망을 잃지 않고 자신이 꿈꾸는 방향으로 계속 걸어 나간 끝에 가족과 세상으로부터 받은 사랑과 행복을 더 많은 사람들과 나누려고 하는 모나무르 윤경숙 대표의 에세이다. 윤 대표의 진심을 담은 이 책은 거창하게 뒷짐 지고 서서 내지르는 일장 연설이 아니라, 조용하지만 진심을 담은 따뜻한 속삭임을 통해, 지금 지치고 힘든 이들에게 조금이라도 희망을 주고 싶은 마음을 담은 책이다.

아버지의 유산

고지석 지음 | 값 20,000원

이 책은 누구보다도 치열하게 살았던 한 사람의 인생 회고록이자 오르막길에서는 발견하지 못했던 작은 꽃을 내리막길에서 발견하며 느끼는 소중한 경이로움에 관한 이야기라고 할 수 있다. 어릴 적의 사고로 남들보다 몸이 약했지만 결코 뒤지지 않는 도전정신으로 살아온 고지석 저자의 역동적인 인생 페이지 속 인간적인 깨달음이 담긴 문장들은 독자들의 가슴에도 한 송이 작은 꽃으로 남게 될 것이다.

국회 국정감사 실전 전략서

제방훈 지음 | 값 22,000원

이 책 『국회 국정감사 실전 전략서』는 저자 제방훈 보좌관이 자신의 경험과 지식을 기반으로 엮어 낸 국회의원과 보좌관들의 국정감사 전략, 공무원들의 피감기관으로서 갖춰야 할 자세, 그리고 더 나은 국정감사를 위해 국회와 정부, 기업에 던지는 미래 제언을 담고 있다. 특히 정치에 관심을 가진 일반 국민들에게는 의회민주주의의 꽃이라고 할 수 있는 국정감사의 본질과 생생한 면모를 보여줄 수 있는 책이 될 것이다.

내 손안의 1등 비서 스마트폰 100배 즐기기

박용기 외 8인 지음 | 값 25,000원

이 책은 스마트 사회에서 사각지대에 놓이기 쉬운 실버 세대들이 현대 사회의 필수도구인 스마트폰을 쉽게 익혀 생활에 활용할 수 있도록 안내하고 있다. 스마트폰의 가장 기본적인 기능과 어른들에게 꼭 필요한 앱을 중심으로 다루고 있으며 사진과 함께 큰 글씨로 쉬운 설명을 곁들여 누구나 금세 손에 익힐 수 있게 구성되어 있다. 특히 실버 세대의 니즈에 맞춘 스마트폰 기능에 초점을 두고 있는 것이 특징이다.

당질량 핸드북

방민우 지음 | 값 13,000원

이 책 『당질량 핸드북』은 수많은 다이어트법 중에서도 최근 주목받고 있는 '키토제닉 다이어트'에 기반한 저당질 식이요법을 돕는 가이드북으로서 전작 『당질 조절 프로젝트』의 후속작 개념의 책이다. 실제 저당질 식단을 실천하려는 사람들을 위한 기본 개념, 우리가 먹는 주요 식재료와 음식에 포함된 당질량 수치, 저당질로 맛있는 음식을 즐길 수 있는 요리 레시피 등을 풍성하게 소개하여 당질 조절 다이어트를 실천하는 데에 실질적 도움을 준다.

불길순례

박영익 지음 | 값 25,000원

이 책 『불길순례』는 외적의 침입을 가장 먼저 알리며 우리 국토와 민족을 지키기 위한 최전선에 있었던 전국 210여 개 봉화 유적을 직접 발로 뛰며 탐방한 여행기인 동시에 탐문과 자료 수집을 통해 한반도의 봉화 역사를 밝혀 낸 연구서라고 할수 있다. 고단했던 노정의 땀 냄새, 피땀 어린 연구열이 고스란히 배어 있는 이 책은 우리에게 전국 봉화에 깃든 선조의 얼과 함께 전해 내려오는 기상과 추억을 되짚도록 도와줄 것이다.

그때 들키고 말 걸 그랬어

이찬우 지음 | 값 15,000원

이찬우 시인의 시는 아슬아슬하다. 대놓고 슬프다고 왕왕 울지 않고 지긋이 슬픔의 감정 너머를 바라본다. 그가 전하는 시어들은 삶이라는 뜨거운 햇빛에 부서질 것처럼 울리다가도 그것이 아프다고 말하지 않는다. 그가 겪는 애잔한 감성은 '뚜껑을 열어놓은 향수처럼 휘발되지 말아야 할' 것이며 그가 지켜야 할 무언가이기에 한결같이 아프고 아리지만 결코 버릴 수 없는 것들을 이야기한다.

리스토러티브 요가

최다희 지음 | 값 25,000원

이 책은 요가의 다양한 관점과 체계 중에서도 아헹가 요가, 소마틱스, 알렉산더 테크닉을 융합한 다각적 관점을 통해 '휴식요가'라 불리는 리스토러티브 요가를 소개하고 있는 책이다. 『리스토러티브 요가』는 신비적 관점보다는 인간 신체의 해부학적 구조를 기반으로 요가 이론과 실제를 녹여내고 있다는 점이 특징이다. 또한 다양한 요가 도구를 적극적으로 활용하여 누구나 더 쉽게 리스토러티브 요가의 세계를 탐구할 수 있도록 도와준다.

귀농해서 무엇을 심을까?

박동진,김완수 지음 | 값 15,000원

이 책 『귀농해서 무엇을 심을까?』는 이렇게 한 치 앞이 불확실한 상태로 귀농귀촌을 시작하는 도시민들을 위한 종합적 귀농귀촌 가이드라인이다. 여주시 농업기술센터 소장으로 퇴직 후 귀농귀촌 컨설팅 전문가로 활동하고 있는 김완수 저자는 귀농인들의 고민사항 중에서도 가장 큰 고민 중 하나인 '무엇을 심을까?'를 메인 테마로 삼아 새로 시작하는 농업인들이 고려해야 할 주요 농산물들의 품종과 재배 방법, 재배 시 주의해야 할 점, 귀농귀촌에 필요한 마음가짐 등을 이야기한다.

하루 5분 나를 바꾸는 긍정훈련

행복에너지

'긍정훈련'당신의 삶을
행복으로 인도할
최고의, 최후의'멘토'

'행복에너지
권선복 대표이사'가 전하는
행복과 긍정의 에너지,
그 삶의 이야기!

인터파크
자기계발 분야 주간
베스트 1위

권선복 지음 | 15,000원

권선복

도서출판 행복에너지 대표
지에스데이타(주) 대표이사
대통령직속 지역발전위원회
문화복지 전문위원
새마을문고 서울시 강서구 회장
전) 팔팔컴퓨터 전산학원장
전) 강서구의회(도시건설위원장)
아주대학교 공공정책대학원 졸업
충남 논산 출생

책『하루 5분, 나를 바꾸는 긍정훈련 - 행복에너지』는 '긍정훈련' 과정을 통해 삶을 업그레이드하고 행복을 찾아 나설 것을 독자에게 독려한다.
긍정훈련 과정은 [예행연습] [워밍업] [실전] [강화] [숨고르기] [마무리] 등 총 6단계로 나뉘어 각 단계별 사례를 바탕으로 독자 스스로가 느끼고 배운 것을 직접 실천할 수 있게 하는 데 그 목적을 두고 있다.
그동안 우리가 숱하게 '긍정하는 방법'에 대해 배워왔으면서도 정작 삶에 적용시키지 못했던 것은, 머리로만 이해하고 실천으로는 옮기지 않았기 때문이다. 이제 삶을 행복하고 아름답게 가꿀 긍정과의 여정, 그 시작을 책과 함께해 보자.

『하루 5분, 나를 바꾸는 긍정훈련 - 행복에너지』